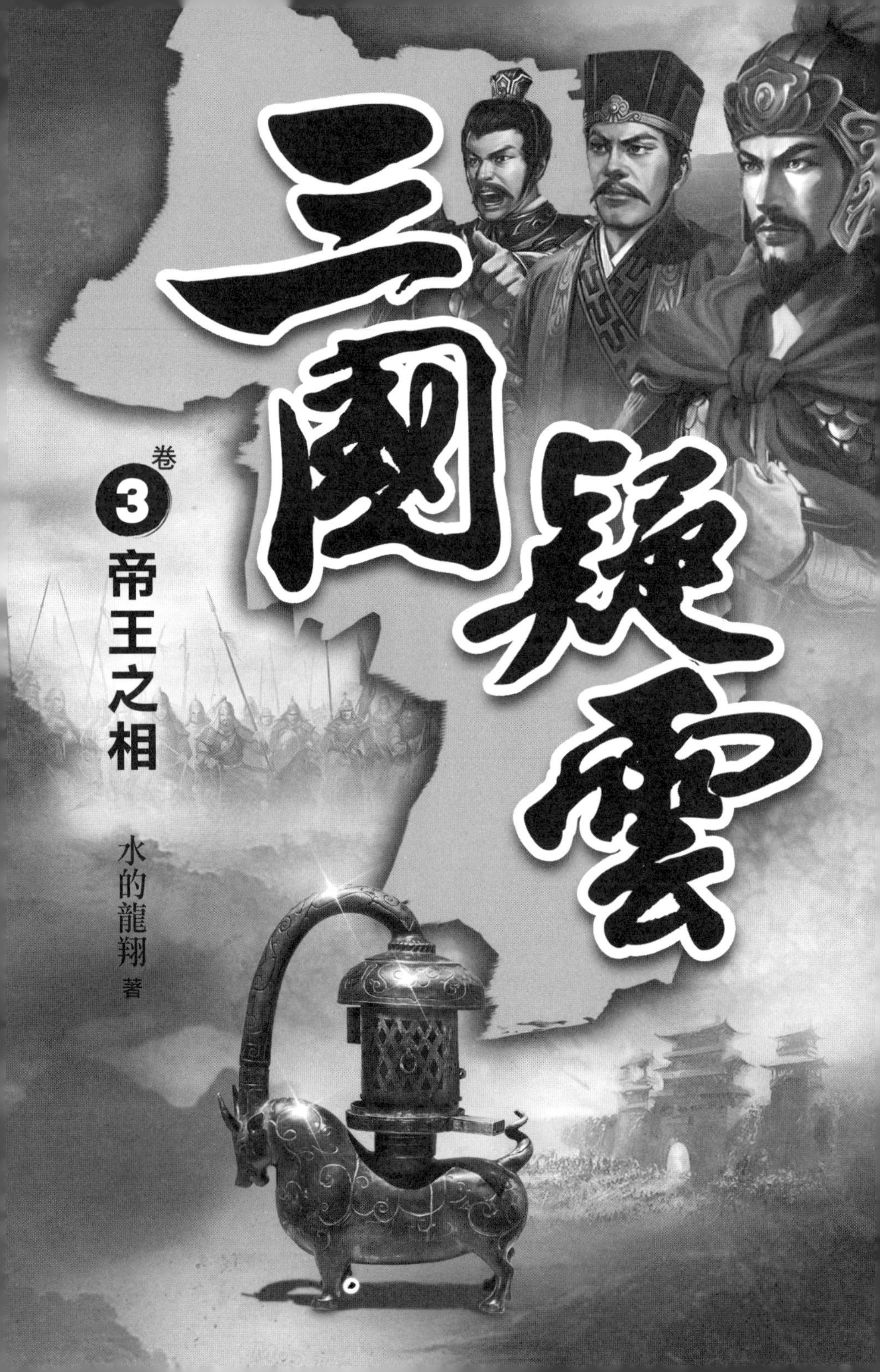
三國疑雲
卷 3
帝王之相
水的龍翔 著

目錄

第一章

癡人說夢

袁術聽後，臉上露出獰笑，「劉景升是在癡人說夢嗎？眼看他就要全軍覆沒了，我怎麼可能會放過他？要是他早把玉璽送出來，我或許還會考慮考慮，現在已經晚了。我看你也不是來投降的，而是來做說客的，來人啊！」

宋軍士兵見自己的將軍殺了過來，又聽聞自己的將軍斬殺了甘寧，士氣頓時高漲起來。

蔡瑁聽到紀靈的叫喊，心中一陣錯愕，他雖然不喜歡甘寧為黃祖立功，可是當此之時，己方大將被斬，確實能在一定程度上損害士兵的士氣。

果不其然，楚軍將士一聽說甘寧被殺，士氣立刻低落下來，蔡瑁周圍的騎兵一個接一個倒了下去，一千騎兵很快便剩下不到五百騎。

蔡瑁忽然看見東北角上一支頭盔上插著白羽的騎兵隊伍駛來，登時大喜，叫道：「甘寧未死，東北角上便是，汝等當一鼓作氣，殺出重圍，配合甘寧作戰。」

甘寧剛才用一百騎兵攪亂了宋軍布置在中軍的一萬馬步，楚軍將士人人得見，對甘寧都非常的佩服，此時聽到甘寧沒死，自然是心花怒放。

紀靈扭頭看了下，甘寧果然一馬當先的衝來，他見離蔡瑁沒有多遠，手起刀落，接連斬殺了楚軍的數名騎兵，很快便衝到蔡瑁的背後。

「蔡瑁！」

蔡瑁正在廝殺中，突然聽到側後傳來喊聲，回頭見是紀靈，冷笑一聲，抖擻精神道：「來得正好，看我把你刺落馬下！」

紀靈覺得蔡瑁大言不慚，拍馬舞刀，接連砍出十幾刀，一刀快過一刀，刀法精湛，騎技驚人，逼得蔡瑁接連後退。

「好強！不愧是袁術帳下第一大將！」蔡瑁被逼得無法還手，不敢戀戰，虛晃了一槍，調轉馬頭便走。

「哪裡走！」紀靈窮追不捨，大刀砍死不少擋住去路的騎兵，眼睛直盯著蔡瑁的背後，眼見蔡瑁越來越遠，靈機一動，直接將手中大刀揮了出去。

「啊——」蔡瑁一聲慘叫，大刀從背後直接貫穿他的心肺，鋒利的刀頭從前胸突了出來，他身體一歪，墜落馬下。

「將軍——」楚軍士兵見蔡瑁被紀靈殺死，大吃一驚。

紀靈縱馬來到蔡瑁的屍身前，將大刀拔了出來，見楚軍士兵一擁而上，一招橫掃千軍，刀鋒立刻劃破許多楚軍士兵的脖頸，人頭接二連三的墜落馬下。

王威模仿甘寧的打法，很快便殺出重圍，正好迎上甘寧，遂合兵一處。他們看到蔡瑁身亡，黃祖、張允、劉表、蒯良衝突不出，立刻率軍殺了過去。

紀靈橫刀立馬，分出一部分部下，讓雷薄、雷緒負責堵截劉表，他親自率領部下抵擋甘寧，大叫道：「剛才讓你跑了，這次你可就不會那麼幸運了，你斬殺樂就、梁剛的事，就只能用你的人頭來祭奠啦。」

甘寧冷哼一聲，說道：「來吧！」

紀靈橫刀立馬，怒視著甘寧，登時將後面的步騎擺開，看著甘寧在前，蘇飛、王威在後，以及身後的那七八百名騎兵，朗聲道：「剛才是我大意，這次絕對不會讓你隨意通過，洛陽的廢墟就是劉表的墓地。」

甘寧手持烏金大環刀，同樣橫眉怒對著紀靈道：「早聞你的大名，今日終於可以一戰，你敢和我單打獨鬥嗎？」

「有何不敢？」紀靈早就想會會甘寧，要是能殺了甘寧，一定可以使楚軍將士的士氣低落到極點。

甘寧扭頭對王威、蘇飛小聲道：「你二人率領所有騎兵從兩翼進行衝殺，務必要救出楚侯，紀靈由我牽制著。」

蘇飛皺眉道：「興霸，紀靈乃宋軍第一大將，征戰沙場多年，是沙場宿將，你獨自一個人，只怕不妥，不如我和一百騎留下，為你掠陣？」

王威道：「甘將軍，蘇校尉說得不錯，紀靈身後有兵馬，萬一他打不過你，驅兵掩殺的話，只怕很難逃脫。楚侯那裡由我去救，你們在這裡牽制住紀靈即可。」

甘寧想了想，道：「好吧，楚侯就拜託你了。」

王威點點頭，帶著本部的騎兵，朝右側駛了出去，只留下甘寧、蘇飛和原先的一百騎兵。

紀靈見王威離開，猜到王威的用意，冷笑一聲，對身後一員偏將耳語幾句，那員偏將立刻帶領一部分騎兵緊緊地跟著王威而去。

「甘寧，你是要馬戰還是步戰？我紀靈做事向來公平，隨你選！」紀靈囂張地道。

甘寧道：「馬戰、步戰都可！不過我們兩人的座下戰馬都已顯疲憊，不如步戰如何？」

「妙極！」

紀靈話音一落，立刻翻身下馬，緊握手中大刀，朝甘寧道：「來吧！讓我看看你的實力。」

甘寧跳下馬背，手握烏金大環刀，徑直向前走了幾步，他看著紀靈氣勢雄渾地站在那裡，立刻感到一陣殺氣，心中想道：「紀靈乃是宋軍第一大將，若是將他殺了，我甘寧的名字必然會被世人所知……」

殺掉一個名人，無疑是最快的成名方式，關羽斬殺呂布，隨即奠定了他刀王的名聲，就連劉備、張飛也迅速走紅，甘寧看到了成名的最佳捷徑。

紀靈之名早已聞達於諸侯，相比之下，甘寧不過是黃祖的一個部將，從未參加過什麼大戰，也沒有機會成就功名，碌碌無聞，如果他殺了紀靈，那麼他的名字就會為天下人所知。

想到這裡，甘寧不再猶豫，虎目怒嗔，緊握手中的烏金大環刀，快步跑向紀靈，紀靈抬起大刀迎了上去。

「錚！」

兩人同時出刀，刀刃碰撞在一起，立刻發出一陣嗡鳴，兩人奮力的一擊，登時感受到刀柄傳來的陣陣酥麻，震得兩人虎口微微發麻。

「紀靈之名，果然名不虛傳，竟然擋下我全力的一刀。」

甘寧和紀靈擦肩而過時，身體迅速翻轉過來，生怕紀靈會在背後使什麼陰招。紀靈也同樣轉過身子，緊握手中大刀，目視著不斷後退的甘寧，生怕甘寧會從背後出刀。

二人對視了片刻，都在心裡佩服對方。

「錚！錚！錚……」

大戰一經展開，便進入白熱化的階段，紀靈、甘寧周圍刀氣縱橫，如風的刀氣快速閃過兩人的身體，若二人不是高手的話，幾刀下來，便會立刻喪命在對方刀下。

殺招！絕對的殺招，兩個人都毫無保留的使出了全力而戰。

兩人都很清楚殺掉對方的意義，一個想要借助對方的名氣成名，另一個則想殺掉對方，打擊敵方的士氣，不同的想法，一樣的殺意，四目相對時，兩人心裡皆是充滿了憤怒和仇恨，**仇恨越深，攻擊的威力就越大。**

甘寧的刀像雷電一般撲向紀靈，紀靈大刀舞動的如同天河之水浩蕩而下，不知何處來，亦不知何處去，奇招迭出。

噹噹噹噹……甘寧雷霆般的攻擊均被紀靈給擋了下來，二人你攻我守，你退我進，行雲流水般的打鬥了三十多招仍未分勝負。

兩邊的軍士何曾見過這種戰鬥，都看傻眼了，心都在揪著，為自己的將軍擔心。

蘇飛皺著眉頭，手中暗暗地扣著一把飛刀，見甘寧和紀靈打得如癡如醉，而遠處楚軍又被堵進了營寨裡，心裡一陣著急。

「興霸，快殺了他！」

蘇飛對甘寧充滿了信心，作為甘寧的好友，他深知甘寧的能力，遇強則強，只會讓甘寧更加的強悍。

蘇飛的話剛說完，紀靈便覺一股強大的殺氣逼來，那熾烈的、昂揚的、狂野的刀氣，像星辰碎裂一般炸開，直逼他的頭顱。

「來得好！」紀靈沒有半分懼色，揮著大刀撲入重重刀影之中。

劉表和袁術帳下的第一刀再次交鋒起來，兩人都不給對方任何喘息的機會，殺招迭出。

「轟！」烏金大環刀和紀靈的大刀相逢時，竟交擊出震天巨響，一個照面，紀靈胸前隱有鮮血滲出，甘寧嘴角亦有血絲溢出。

甘寧左手刀鞘激射天空，雙手合握長刀，從馬背上躍起，當空劈下，刀勢無雙。烏金大環刀就如川上之水一般綿綿無盡，刀意滾滾而來把對手的兵刃擊飛，紀靈的大刀飛向了夜空中。

甘寧大喜，乘勢要取紀靈的項上人頭。不料，烏金大環刀被一柄長劍擋住了，頭頂上竟然有一朵寒光閃閃的白雲悠悠飄下，紀靈伸手接住那把大刀，力劈華山的一記猛擊。

「轟！」甘寧見勢不妙，急忙縱身跳開，紀靈的那一刀落在地上，在地上砸出一個大坑。

「好刀！」甘寧不得不佩服紀靈，能夠將這大刀舞動得出神入化，而剛才兵器被挑飛，也似乎是設計好的。

「嗖！」一把飛刀從紀靈背後射了過來，紀靈橫刀在胸前，轉身擋住飛刀，看到蘇飛正在投擲第二把飛刀，冷笑一聲道：「雕蟲小技，先取你狗命！」話音一落，手中長劍飛出，筆直地朝蘇飛射了過去。

蘇飛一臉驚詫，立刻投擲出飛刀，那飛刀不偏不倚，正中紀靈長劍，「叮」一的一聲響，兩樣兵器全部落下。紀靈忽然感到背後一陣綿綿的刀氣襲來，那快如閃電的刀氣勢不可擋，回轉身子已經來不及了。

「錚！」說時遲，那時快，紀靈將手中大刀急忙擋在背後，硬是擋住了那綿綿的一刀……

「喀喇！」一聲巨響，紀靈手中的大刀刀柄斷裂，刀頭落在地上，自己的脖頸上多了一陣涼意，濃稠的液體不斷流了出來，他想發聲，卻喊不出來，斜眼看到甘寧站在自己的身邊，那烏金大環刀的刀鋒上帶著紅色的液體……

「轟！」紀靈轟然倒地，一顆人頭從脖頸上滑落下來，人頭滾到甘寧的腳邊，臉上還是一陣驚恐的表情。

甘寧隨手抓起了紀靈的頭顱，快速地翻身上馬，滿臉猙獰地喊道：「紀靈已經被我斬殺了，不想死的都閃開！」

蘇飛嘴角浮現出笑容，心中想道：「興霸果然沒有浪費我給他製造的機會，這下紀靈一死，宋軍就該撤退了吧？」

可是，蘇飛想錯了，宋軍的作戰方式很獨特，大將死去，代表不了什麼，袁術一向用士兵當人盾用，紀靈一死，群龍無首，他的那些偏將都覺得機會來了，非但沒有撤退，反而振臂高呼，全部一擁而上，只求立功。

甘寧大吃一驚，不解他殺了紀靈，怎麼會換來這種結果？他不知道，宋軍的獎賞機制不一樣，紀靈死了，手下的部將感到有出頭之日，紛紛爭先恐後的朝甘寧殺了過來。

無奈之下，甘寧只能說道：「撤！快後撤！」

甘寧、蘇飛立刻撤退，遙見那邊王威也被逼了回來，而宋軍的雷薄、雷緒則堵住了楚軍營寨的大門，黃祖、張允正在率部奮力抵抗。

「殺啊！」突然，袁術親率騎兵從宋軍營寨中殺了出來。

「興霸，楚侯和主公身陷重圍，無法突圍而出，前後都有敵人，我們該怎麼辦？」蘇飛見袁術從背後殺來，登時慌了神，急忙問道。

甘寧道：「跟我來，先殺出重圍，再另想辦法！」

聲音一落，甘寧一馬當先，帶著蘇飛和一百精騎朝王威那邊殺了過去。

王威率領數百騎兵，多次試圖衝殺，卻一直被阻擋在外面，無法衝進去解救劉表，正憂慮間，甘寧殺到身邊，問道：「甘將軍，敵軍包圍甚厚，無法突入，現在該如何是好？」

甘寧皺著眉頭道：「當務之急，我們應該先殺出重圍，只要尚有數百騎在外面，就有機會解救出楚侯脫困。」

王威道：「甘將軍驍勇，王威願意以甘將軍馬首是瞻。」

「好，跟我來！」

一聲令下，兩軍合二為一，在甘寧的帶領下，徑直朝東南方，向宋軍的薄弱地帶殺了出去。

袁術追不上甘寧，看到紀靈的屍身，頓時一陣嚎啕，翻身下馬，捧一把黃土，蓋在紀靈的身上，眼裡充滿了怒火。

「來人，把紀靈抬下去，厚葬！」

手下的人立刻將紀靈的屍身給抬走。袁術重新上馬，策馬來到楚軍營寨前面，看到地上堆積如山的屍體，大聲吼道：「放火給我燒！燒死他們！」

紀靈的死讓袁術徹底憤怒了，這個從小和他做伴，任勞任怨的人就這樣去了，他還準備稱帝以後封紀靈做大將軍，可惜這個念頭只能成為夢幻的泡影。

宋軍士兵在袁術的一聲令下後，紛紛向楚軍營寨裡縱火，大火很快便燒了起來……

「啟稟將軍，宋軍和楚軍正在激烈交戰，楚軍不敵宋軍，大有敗亡的趨勢！」燕軍斥候將得到的軍情立刻稟告給趙雲。

趙雲當即喊道：「將士們，該我們登場的時候了，加速前進。」

趙雲深知**這是一個不平凡的夜晚，只有前進，才是最好的解決方式**，也才能讓重步兵的劣勢得到彌補。

「諾！」五千重步兵的將士們異口同聲地答道，跟著趙雲快速地向前跑了出去。

黃忠騎在馬背上，看著從遠處回來一個斥候，趕忙問道：「前方戰事如何？」

「楚軍被宋軍包圍，不敵宋軍，宋軍大有吞沒楚軍的跡象，宋軍大將紀靈被一個叫甘寧的斬殺，袁術正在放火燒楚軍大營，劉表等人設法撲救，但火勢過大，無法撲滅，只能退到內寨，剩餘兵力不多了。」

「甚好！主公智計無雙，全軍聽令，向洛陽廢墟前進！」黃忠歡喜地道。

大火沖天，火龍肆虐。

楚軍大營的外圍盡皆被大火吞沒，只剩下裡面一圈被黃土阻隔著的營地，殘餘的一千多人擠在一個巴掌大的地方上，每個人都感到熱浪撲面而來，火舌不時便竄進來，燒傷一兩個士兵，好在沒有風，不然這些人肯定會被大火吞沒。

劉表懷中抱著傳國玉璽，看到四周都是大火，懊悔不已。他舉起手中的傳國玉璽，仔細地看了又看，無奈地搖頭道：

「洛陽乃龍興之地，傳國玉璽乃國之基石，**今日在這龍興之地上，難道我要與這基石一起葬送嗎？傳國玉璽……到底是匡復我大漢的寶貝，還是扼殺我大漢的災星？**」

蒯良嘆了口氣道：「事到如今，也無可奈何，甘寧雖然在外，可是卻無法突圍進來，又有大火包圍，只怕今日在劫難逃，這傳國玉璽果然是不祥之物啊……」

「軍師，我悔恨沒有聽你的話將這傳國玉璽給丟了，我……」

「袁術不過是為了傳國玉璽，和主公雖然有不和，但是也不至於性命相拼，

如果主公能以傳國玉璽和半個荊州作為換取性命的代價，或許袁術會放了主公一條生路……」蒯良建言道。

劉表皺眉道：「軍師是讓我委曲求全嗎？我身為堂堂的漢室後裔，怎麼可以向袁術小兒求饒？」

「主公，留得青山在不愁沒柴燒，袁術是個貪財小人，或許會因為這點小利而放主公一條生路也不一定……」蒯良道。

「主公，軍師說的對啊，末將願意去和袁術說明……」張允抱拳道。

劉表嘆道：「也罷也罷，先留住性命再說。」

張允壯著膽子，策馬快速地衝出火海，喊道：「宋侯，我是來投降的，不要放箭！」

袁術於火海當中見張允策馬而來，隨後見張允翻身下馬，跪在地上，便問道：「**你是來投降的？**」

張允點了點頭，道：「宋侯，我確實是來投降的，劉表、蒯良、黃祖和一千士兵尚在包圍圈中，他們打算用傳國玉璽和半個荊州和宋侯作為交換，希望宋侯放劉表一條生路……」

「哈哈哈……」袁術聽後，臉上露出獰笑，「劉景升是在癡人說夢嗎？眼看他就要全軍覆沒了，我怎麼可能會放過他？要是他早把玉璽送出來，我或許還會考慮考慮，現在已經晚了。我看你也不是來投降的，而是來做說客的，來人啊！」

「等等，宋侯，我真的是來投降的。劉表一死，荊州無主，劉表的兩個兒子都不足以扶持，我是荊州的水軍都督，掌控荊州的半數兵馬，如果由我出面，宋侯便可以不費吹灰之力拿下荊州……」張允見袁術要殺他，急忙說道。

袁術聽了，覺得有點道理，便道：「很好，我就是欣賞你這樣識時務的人，你起來吧，暫且到一邊站著，等我殺了劉表等人，奪了玉璽，你便隨我一起去奪取荊州。」

「諾！」

袁術當即對雷薄、雷緒道：「給我扔火把，往遠處扔，燒死劉表那個王八蛋！」

雷薄、雷緒二人立即指揮士兵，將火把用力向中軍大帳裡扔。

呼呼呼！一個個火把凌空飛了過來，一落到中軍大帳裡，火燒著帳篷，火勢立刻起來了。

除此之外，宋軍的弓箭手還點上火矢進行射擊，射死不少人。

「哇……」一聲聲慘叫從楚軍的大營裡傳了出來，有被箭矢射死的，有的則是被大火焚身，一些士兵見了，立刻失去了戰意，冒著被燒傷的危險衝了出來，紛紛喊著投降。

劉表、蒯良、黃祖見大勢已去，紛紛拔出手中的長劍，自刎而死。

「哈哈哈哈……」袁術看到劉表等人全部戰死，心中無比的高興。

「嗖！」

突然，一支冷箭從袁術側面射了過來。袁術大吃一驚，急忙低身躲閃，箭矢瞬間插入他的左臂，一陣生疼，險些從馬背上跌落下來。

他大叫一聲，斜眼看見甘寧、蘇飛、王威從東南角殺了出來，大喊道：「殺了他們，殺了他們！」

雷薄、雷緒率部抵禦，萬餘士兵瞬間將甘寧等數百騎圍得水泄不通。

甘寧見楚軍大營已是一片火海，深知劉表等人不可能生還，他也報著必死的決心，叫道：「為楚侯報仇！斬殺袁術！斬殺袁術！」

蘇飛、王威都以甘寧馬首是瞻，亦是視死如歸，數百騎兵一鼓作氣，跟著甘寧在宋軍的陣營裡來往衝殺。

混戰了一會兒，甘寧等人終究是寡不敵眾，數百騎兵只剩下一百多人，身陷重圍之中，無法突圍，只能死戰。

忽然，大地傳來一陣轟鳴，西南、東南兩個方向一道黑色的鋼鐵洪流駛了過來，一萬名燕軍重裝步騎兵如洪水般壓了過來。

「燕軍……燕軍怎麼會突然出現在這裡？」袁術驚詫不已。

步調一致，鋼鐵之身，燕軍邁著雄渾的步伐，踏著矯健的馬蹄，重步兵、重騎兵幾乎在同一時間趕到這個混亂的戰場。

「他們要幹什麼？難道想不宣而戰？」袁術捂著箭傷，看著突如其來的燕軍，不解地道。

嚴象看到這一幕，道：「主公，這一定是高飛早就設計好的，先讓我們爭奪玉璽，現在又派人來搶奪玉璽，我們是中了敵人的圈套了。」

「你說什麼？高飛安敢如此？」袁術氣憤道。

「主公，燕軍來勢洶洶，我軍激鬥了一個晝夜，應該迅速撤軍，否則燕軍一旦發動攻擊，我軍很有可能……請主公早下定奪！」嚴象拱手道。

袁術扭頭對身後的幾個親隨道：「快把玉璽拿出來，傳令撤軍，回潁川。」

甘寧等人見到燕軍突然出現，也不知道是敵是友，但是宋軍已被燕軍的陣容給震懾住，恰好給了甘寧等人突圍的機會，讓甘寧等人得以迅速殺出重圍。

趙雲指揮著重步兵，一字排開，五千人形成一個偌大的弧形，步履一致的向前推進。

黃忠則讓早已用鐵索鎖在一起的戰馬排開，鐵浮屠就像是一堵鋼鐵巨牆，立刻封鎖了宋軍將士難逃的歸路，和趙雲的重步兵一起合圍過去。

「糟了，主公，燕軍是想把我們圍在裡面。」嚴象看見後，著急地說道。

這時，親兵冒火拿來了傳國玉璽，遞給袁術。袁術當機立斷，大聲道：「全軍突圍！」

黃忠的鐵浮屠正好擋住袁術的歸路，看到袁術的士兵殺了過來，他也毫不客氣，指揮鐵浮屠向宋軍殺了過去。

士氣、裝備、疲勞度，都制約著宋軍，當一支武裝到牙齒的軍隊突然出現在他們面前時，每個人的心裡都是一陣驚慌，加上指揮作戰的大將紀靈不在了，雷薄、雷緒不足以掌控全軍，袁術又不太熟悉兵事，一部分士兵先行潰散，陷入恐慌，看到鐵浮屠氣勢雄渾的殺了過來，立即後退了起來。

「前面可是甘興霸嗎？」

趙雲策馬向前，一馬當先，臉上洋溢著自信的笑容。

甘寧聽到趙雲詢問，便拱手道：「正是，閣下何人？」

「我乃燕侯帳下……常山趙子龍是也！」

甘寧聽後，心頭一震，他聽過趙雲的名字，作為燕軍的燕雲十八驃騎之首，趙雲的名字早已在各個諸侯之間傳開。

他見趙雲極有威武之色，抱拳道：「原來是趙將軍，不知道趙將軍此來，和我軍是敵是友？」混亂的戰場上，明白敵友關係是很重要的。

「是友非敵，甘將軍儘管放心。」趙雲靠近甘寧，見甘寧對自己有戒備之心，便打了個手勢，讓部下停了下來。

「甘將軍，我有一句話不吐不快，不知道甘將軍可願意聽？」趙雲看了眼已經化為灰燼的楚軍大營，便知道劉表等人應該是葬身火海了，不然也不會看不見劉表等人，便對甘寧說道。

甘寧道：「趙將軍，有話請直說。」

「甘將軍武藝超群，膽識過人，也是極有勇略的人，如今劉表、黃祖盡皆葬身火海當中，甘將軍可有什麼打算？」趙雲問。

甘寧暫時還沒有想過這個問題，回過頭看了一眼背後的蘇飛、王威等人，見他們都是一臉的疲憊，便道：「我暫時還沒有什麼打算，只想給主公和楚侯報仇雪恨。」

趙雲笑道：「這有何難？殺你主公和楚侯之人，如今已經被我軍包圍，如果我軍替甘將軍殺了你的仇人，那麼甘將軍該如何感謝我軍呢？」

甘寧不是傻子，立即聽出了趙雲的話外之音，便道：「趙將軍，請允許我等商議一下。」

趙雲點點頭。

此時，黃忠正率領鐵浮屠在宋軍陣營裡往來衝殺，所過之處，無人可擋。甘寧見狀，向蘇飛、王威問道：「王將軍、蘇兄，你們可有什麼打算嗎？」

王威、蘇飛紛紛道：「我等以甘將軍馬首是瞻。」

甘寧腦中迅速做著思考，目光中逐漸多了一份堅定，答道：「趙將軍，我甘興霸不是不識時務的人，我主公已死，我就等於自由了，將軍的意思我明白，**我願意率領殘餘的百騎歸順燕侯帳下，還望趙將軍引薦。**」

趙雲哈哈笑道：「甘將軍快人快語，必然會成為燕軍中又一員猛將，如此甚好。甘將軍在這稍歇，待我去去便回，等解決了宋軍，再請甘將軍和我一道回河南城見我家主公。我想，主公若是見到甘將軍來了，必然會十分高興的。」

這時，西北方向又殺出來一股軍隊，同樣的鋼鐵戰甲，黑底金字的「燕」字大旗在空中隨風飄展，文醜一馬當先的衝了過來，兩千重步兵迅即加入了戰圈。

袁術只感覺陷入重重包圍之中，見自己的士兵不堪一擊，雖然心中惱怒，卻也無可奈何，他緊緊抱著傳國玉璽向後退去，然而，當後面也圍上敵人時，他覺得自己已無路可退了。

「投降者免死！」燕軍高喊著，不少士兵一聽到這話，紛紛丟下手中的兵器，跪地求饒。

「袁術，留下玉璽，可放你一條生路！」黃忠命全軍暫停，朝中間喊話道。

「主公，為了這個傳國玉璽，引發了兩次大戰，這是個不祥之物，不如給燕軍，換取一條生路，等回到豫州，整頓兵馬後，再行作戰不遲！」嚴象勸道。

袁術低頭看著懷中抱著的傳國玉璽，心中悔恨不已，他不願意就這樣放棄所得來的東西，擁有這個東西，他才可以稱帝，才可以讓袁氏名揚天下，可是，當他看到自己周圍只有區區數百人，對方咄咄相逼時，又不得不為自己的性命做打算。

「主公，留得青山在，不愁沒柴燒，我願意將傳國玉璽帶出去交給燕軍。」張允趁勢說道。

袁術不情願地將傳國玉璽給了張允，揮揮手道：「去吧。」

張允抱著傳國玉璽，徑直走到黃忠的面前，一臉笑意地道：「黃將軍，我是楚軍的張允，是荊州的水軍都督，這傳國玉璽是我獻給燕侯的見面禮，還請燕侯看在玉璽的面子上饒我一命，只要我回到荊州，必然會說服那些水軍前來投靠燕侯，如此一來，燕侯只需派遣黃將軍一人到荊州，便可占領荊州全境……」

黃忠對張允很厭惡，他和張允曾經同在劉表帳下為將，深知張允的為人，只怕一放他回去，他便會立刻接管荊州，豎立起劉表的兒子代替劉表，哪裡還有什麼高飛的份。更何況，荊州的情況他是瞭解的，勢力錯綜複雜，外人要想奪取荊州全境，根本沒有那麼容易，就連當年劉表進了荊州，真正掌控荊州全境，也花費了兩年時間。

他冷哼一聲，伸手將傳國玉璽接了過來，眼中泛出凶光，揮起他的鳳嘴刀，一刀便將張允砍死，罵道：「兩面三刀的人，死有餘辜。」

袁術對張允的死一點反應都沒有，他只擔心黃忠說話不算話，萬一不放他走該怎麼辦。正在猶豫中，突然聽到黃忠喊道：「宋侯！」

袁術忙道：「玉璽已經給你了，難道你想反悔不成？沒有想到堂堂的燕侯也會失信於天下……」

黃忠笑道：「宋侯放心，我家主公早有交代，無論如何都不會為難宋侯。和宋侯交戰，也是情非得已，如今大勢已定，還請宋侯及早回豫州才是。據悉，**魏侯曹操正在集結兵馬，準備攻打豫州，一旦曹操攻打豫州，我想遠在江東的孫堅也會率領吳軍分一杯羹，奪取宋侯的淮南之地吧？**」

嚴象一驚，道：「主公，黃忠說的言之有理，曹操狼子野心，陰險狡詐，這次混戰，並沒有看見他的軍隊，而且孫堅從一開始就沒有參與，萬一兩個人合夥攻宋，那就危險了。」

袁術道：「我自有分寸。」

黃忠當即讓開一條路，對袁術道：「宋侯，除了你以外，你尚可帶走十名將士，請自己做定奪，我給你一刻鐘的時間。」

袁術想都沒有想，便叫道：「嚴象、雷薄、雷緒……」

話音一落，袁術便策馬狂奔，帶著嚴象、雷薄、雷緒離開這裡，身後的親兵則爭先恐後的也想跟去，可是在經過黃忠那道關卡時，數到第十一個人後，道路便被封死了。

黃忠一臉笑意地道：「呵呵，你們都跟隨袁術那麼久了，也該換換主子了，我們燕侯待人不錯，你們都起來，搬運大營裡的糧草跟我走吧。」

宋軍將士都垂頭喪氣的，但也無可奈何，只得照做。

趙雲見黃忠解決了這件事，策馬來到甘寧身邊，說道：「甘將軍，荊州尚有多少兵馬？」

王威是劉表帳下大將，對兵力的分布十分瞭解，見甘寧面露難色，便道：「江夏兩萬，襄陽五萬，江陵三萬，其餘尚有八萬兵馬分布在各個郡縣。」

「十八萬？荊州尚有十八萬兵馬？」趙雲吃了一驚，沒想到還有那麼多兵馬，問道：「劉表已死，荊州之地可否悉數招降？」

王威搖搖頭道：「恐怕不能……楚侯尚有兩子，長子劉琦、次子劉琮皆可繼承爵位，不過，劉琮還是個嬰兒，由他的母親蔡氏掌權，雖然蔡瑁、蔡中、蔡和在此戰中全部戰死，蔡氏依然是荊州的一大勢力，必然會有其他蔡氏之人出來代替。」

「這麼說來，荊州是不可圖了？」

王威道：「荊州本來局勢就不太穩定，南北跨度太大，疆域廣闊，楚侯也是依靠蒯越、蒯良、蔡瑁等人才得以說服全州，實際上，楚侯能控制的兵馬，只有襄陽、江陵兩地，其餘的郡縣只是表面上受到調度，其實各成一派。」

趙雲道：「我明白了，看來荊州的水比我們想像的要渾得多。三位將軍，請隨我一道回河南城去拜見主公吧。」

甘寧、蘇飛、王威道：「全憑將軍差遣。」

隨後，一萬兩千名重步兵和重騎兵，推搡著五千多名宋軍的降兵，拉著糧草，帶著玉璽，遠離了洛陽廢墟，向河南城駛去。

燕軍鐵騎在這一仗中大顯神威，成為了一個不可戰勝的神話，而亂世在燕軍撤退的時候，仍然在繼續著……

第二章

有女傾城

蔡琰道：「姐姐生了個女孩，侯爺，趁著今天高興，不如就給孩子起個名字吧？」

高飛聽了，道：「好，是應該起個名字，讓我好好想想！」高飛道：「我的女兒長大了一定是傾國傾城的美人，我看就叫她傾城吧。」

夕陽西下，晚霞滿天，黃河岸邊渡船來來回回，裝載著武器、錢財、糧草以及洛陽周圍各縣的百姓，向黃河以北駛去。

高飛騎著一匹棗紅色的戰馬，身後跟著郭嘉、許攸、歐陽茵櫻等人，巡視著正準備渡河的人。

成千上萬的百姓排成長長的人龍，孟津渡口變得異常擁堵，連續三天，成百上千條渡船日夜不停的進行擺渡，輸送的人也不過才一半而已。

看到擁堵不堪的人群，高飛皺起了眉頭，對身後的許攸說道：

「照這樣下去，只怕還要耽誤幾天功夫，責令李玉林等人，讓他加緊打造渡船，每造好一艘渡船，就立刻下水試行，沒有什麼危險的話，就立即投入到運送百姓的行列中。」

許攸抱拳「諾」了一聲，轉身離去。

高飛又對郭嘉道：「吩咐下去，把糧食都散發下去，務必做到每個人都不要挨餓，從河南城裡帶出來的那些糧食，足夠百萬人支持一個月的。」

「屬下已經吩咐下去了，喀麗絲、文蕊正帶著人給百姓發放食物。主公，屬下擔心的是北岸的事，軍師和荀攸雖然都已經率領士兵在北岸迎接，可是百萬人口的遷徙不是個小數目，如何安置這百萬人口，倒是一個讓人頭疼的問題。」郭嘉憂心道。

「主公，並州、冀州經過這次大戰之後，人口銳減，我以為，應當將這些百姓分別遷徙到並州和冀州，充實兩地的戶口。」歐陽茵櫻建議道。

「屬下附議。」郭嘉附和道。

高飛聞言道：「嗯，那就將百萬人口一分為三，三十萬入並州，十萬留在河內，六十萬遷徙到魏郡、鉅鹿郡一帶，那兩地的百姓大部分都逃走了，許多良田荒蕪，必須要重新打造出一個富庶的冀州來。」

「主公英明！」郭嘉道。

這時，林楚策馬而來，見到高飛，抱拳道：「啟稟主公，黃忠、趙雲、文醜三位將軍大勝而還，不曾損一兵一騎。楚軍除了甘寧、王威、蘇飛等百騎以外，被宋軍打得全軍覆沒，黃將軍照主公的吩咐，放走了袁術等十騎，餘下六千將士全部投降，現在正朝孟津渡口趕來。」

「很好。」高飛很是高興，一來為凱旋而歸，二來是因為又得了一員大將。

「**主公故意放走袁術，可是為了曹操嗎？**」郭嘉問。

「不錯，兩次諸侯間的玉璽相爭，曹操均未參與，想必是看破了我的計策，於是回去重整兵馬、調兵遣將，準備攻打豫州。我不會讓曹操奪取的那麼容易，放走袁術，正是為了這個原因。」

「主公考慮的很周全，屬下佩服萬分。只是，如今劉表已死，荊州之地群龍無首，主公為何執意要撤到黃河以北，放著大好的司隸之地以及有利可圖的荊州不要呢？」

「洛陽京畿之地，短短數年間，接連遭逢數次大變，人口更是在戰爭中不斷減少，到處都是屍骨，早已失去了意義。涼軍的張繡、楊奉占據了函谷關，魏軍的李典占據了虎牢關，而軒轅關又在宋軍的手裡控制著，我軍無險可守，已經失去守衛的意義，不如早早退到黃河以北，安心發展……」

頓了頓，高飛又道：「荊州現在雖然無主，可是劉表還有兒子繼承他的大業，我軍倘若南下，必然會引起楚軍的拼死抵抗。除此之外，袁術、曹操、孫堅，哪個不是盯住了荊州這塊肥肉？更何況，劉備等人也在荊州，此人有雄心，必然不會久居人下，此刻劉表一死，必然會伺機而動，只怕荊州在未來的幾年中，絕對不會太平。如果我大軍南下，他們勢必會抱成團，不如先讓他們自己窩裡鬥，等我們休整幾年之後，才南下不遲。」

「主公分析的很有道理，屬下佩服不已。」郭嘉由衷說道。

第二天一早，黃忠、趙雲、文醜、甘寧、王威、蘇飛等人一起來到孟津渡口，卻被遠遠地堵在十里之外，前面的道路上，洛陽一帶的百姓將道路堵得水泄不通。

「黃將軍、趙將軍、文將軍，你們總算回來了，主公昨天還在念叨你們呢，快跟我一起來見主公吧。」負責迎接的管亥見到眾人回來，立刻上前迎接道。

當下，管亥將眾人帶到一處高崗上，進入一個簡易的營地，在帳外抱拳道：「啟稟主公，黃將軍、趙將軍、文將軍回來了……」

話音未落，就見高飛光著腳從營帳裡衝了出來，高興地道：「三位將軍凱旋歸來，真是給我燕軍爭光，回到薊城，我定當重重封賞……」

高飛一眼瞥見趙雲身後站著的甘寧，立刻朝甘寧走了過去，歡喜地道：「甘興霸，我今天總算正式見到你了……」

甘寧看到高飛光腳出迎，感動不已，趕忙跪在地上，拜道：「敗軍之將，何以言勇？甘寧能有幸見到燕侯，才是三生之福。」

王威、蘇飛也一起跪在地上，齊聲喊道：「我等參見燕侯。」

高飛將甘寧、王威、蘇飛給扶了起來，喜道：「從今以後，你們就是我帳下的大將了，以後大家也不要拘謹，就當是兄弟好了。」

甘寧、王威、蘇飛見高飛沒有一點架子，同樣身為武人的他們，感到頗為親切，三個人齊聲道：「我等從今以後，甘願聽從燕侯調遣，萬死不辭。」

「好，好，你們都還沒吃飯吧，都一起來吃點。」

黃忠、趙雲、文醜三個人齊聲道：「恭喜主公又得三員大將。」

「哈哈哈，你們也多了三位好兄弟，來來來，都進帳來。管亥，吩咐下去，弄些酒肉來，我要好好的款待他們。」

「諾！」

三天後，洛陽附近各縣的百姓在南岸和北岸燕軍將士的通力合作下，所有的人都得到了妥善的安置，三十萬人井然有序的在軍隊的護衛下趕赴並州，六十萬人前往冀州，十萬人留守在河內。

高飛渡過黃河後，迅速在黃河沿岸布置了烽火臺，並且派遣駐軍駐守在黃河岸邊，讓黃忠當河內太守，負責這一帶的警戒，和徐晃、龐德、臧霸三個人分別守在不同的河段，四個人所守衛的黃河沿岸也形成了一道嚴密的封鎖線。

一個月後，高飛率領親隨數人回到了薊城，將兵力都留在黃河沿岸，一進入薊城，便感到如釋重負，五月南下，十月歸，歷盡千辛萬苦，終於平定了整個河北，短短的五個月時間，彷彿是一個世紀那麼長。

來不及休息，高飛便立刻投入到了政務的處理中，正式任命田豐為幽州刺史、韓猛為並州刺史、荀諶為冀州刺史、並且將魏郡更名為鄴郡，趙郡更名為邯鄲郡，把中山郡併入常山郡，安平郡更名為信都郡，並且任命太守、屬官、又頒布了減免冀州、並州兩地的賦稅發令，鼓勵百姓從事農業生產及多生育。

除此之外，高飛還列出了一份名單，按照功勞來劃分，以趙雲、黃忠、太史慈、文醜、甘寧為五虎將，以張郃、張遼、徐晃、龐德、魏延、陳到、文聘、臧霸、管亥、韓猛、周倉、褚燕、盧橫、廖化、高林、王文君、烏力登、蹋頓為新的十八驃騎，卞喜因為潛藏在魏國，所以不便提及，夏侯蘭則是主動要求退出十八驃騎行列。其餘有功之人，都有所封賞。

賈詡、郭嘉因為有重大突出表現，按照公侯伯子男爵位，被高飛敕封為一等子爵，荀攸、田豐、許攸、荀諶及五虎將全部受封為二等子爵，十八驃騎則受封為三等子爵，其餘諸將或受封男爵一二三等，或者賞賜金銀。

忙完分封後，高飛拖著疲憊的身體回到住處，一進門便見貂蟬、蔡琰、公輸菲三女坐在房裡，見到他進來，紛紛彎腰行禮。

高飛看到貂蟬的肚子比五個月前自己離開要大上許多，約莫預產期快到了，急忙上前扶住她，問道：「你挺著大肚子，怎麼還給我行禮？快坐下。」

貂蟬坐下後，高飛俯在貂蟬的肚子上聽了聽，笑道：「什麼時候生？」

「快了，大概就這幾天，侯爺回來的正是時候。」貂蟬歡喜地道。

「呵呵，好幾個月不見，我怪想你們的，來，都讓我親親。」高飛一把抓住蔡琰和公輸菲的手，笑道。

「啊……」產房內不停傳出淒厲的叫聲。

在門外不停走動的高飛聽到老婆的喊叫，卻是無能為力。

「這些穩婆到底行不行啊，都那麼久了，怎麼還沒有生？」

高飛焦急地踱著步子，一邊雙手握在一起不停的揉搓，也不在意額頭上和臉上的汗水。

蔡琰、公輸菲坐在房廊下的陰涼處，見到高飛心急如焚的樣子，公輸菲忍不住道：「侯爺，你別這樣走來走去的，你就算一直這樣走下去也無濟於事啊，受苦的是姐姐，又不是你，你晃得我頭都昏了！」

「可我著急啊，我坐不住，都進去那麼久了，還不見生出來，到底是怎麼回事，萬一……不！不能有萬一，我的孩子，不管是男是女，都要平平安安地生下來，千萬不能有萬一。」

高飛說完，便想闖進產房裡看看在裡面受罪的老婆，立即被站在門口的婢女攔住了：「侯爺，男人是不能隨便亂進產房的！」

高飛臉上青筋暴起，喝斥道：「哪來的那麼多規矩？我的老婆我什麼地方沒有看過？都給我讓開！」

兩名女婢臉一紅，仍然將高飛擋在門外，不肯有絲毫通融。

「混帳東西！我是堂堂的燕侯，我的話你們都不聽嗎？都給我閃開！」高飛大聲罵道。正準備推門時，赫然聽見屋裡傳來一聲嬰兒的啼哭聲。

他臉上一喜，心中的那塊大石終於放了下來，自言自語地道：「太好了，我有孩子了，我有孩子了！」

房門推開，一名女婢端著一大盆血水出來，高飛急忙走進屋內，貂蟬躺在一張大床上，大床用一張屏風遮擋住。

他透過半透明的屏風，看到穩婆蹲在地上，將嬰兒放在乾淨的溫水裡，清洗著嬰兒的身體，高飛第一次如此近距離地看到剛出生的孩子，回想起前世老婆生孩子時，他都因為忙生意的事，從來沒有陪在身邊，現在想來都有點愧疚。

他走到屏風後面，見穩婆用早已準備好的被子將嬰兒給包裹起來，細心照料著。

「怎麼樣，是男是女？」高飛突然出聲道。

穩婆嚇了一跳，回頭見是高飛來了，吃驚地道：「侯……侯爺，恭喜侯爺，夫人給侯爺生下了一位千金……」

高飛看了穩婆懷中的孩子一眼，孩子的眼睛還沒有睜開，小小的身軀比他的手掌大不到哪裡去，滿足地笑了，接著走到床邊去看望貂蟬。

貂蟬全身無力地躺在床上，看著高飛，抱歉地說道：「對不起侯爺，我沒有給侯爺生下一個兒子……」

高飛握著貂蟬的手，衷心地道：「男女都一樣，我並不看中這些，你不要太過自責。我剛才之所以沒有去抱孩子，是因為我心疼你，你十月懷胎，為我生了一個女兒，我高興還來不及呢。」

貂蟬心裡很是感動，將頭靠在高飛的肩膀上，道：「侯爺，以後，我一定要給侯爺生下一個兒子……」

說話間，便見蔡琰和公輸菲走了進來。

「把孩子給我，我還沒有看到她長什麼樣子呢！」高飛道。

穩婆將孩子抱了過來，高飛抱在懷中，見女兒的小臉紅撲撲的，嘴巴、鼻子都和貂蟬很像，歡喜地在女兒頭上親了一下，以表示對女兒的愛意。

「侯爺……讓我抱抱我們的女兒……」

高飛點點頭，將孩子遞給貂蟬。

貂蟬接過孩子，斜靠在床上，看著懷中的孩子，臉上洋溢著人母的光輝。

「恭喜姐姐，賀喜姐姐……」蔡琰、公輸菲欠身對貂蟬說道。

蔡琰道：「姐姐生了個女孩，這女孩長大以後，肯定會像姐姐那樣漂亮……侯爺，趁著今天高興，不如就給孩子起個名字吧？」

高飛聽了，道：「好，是應該起個名字，只是，叫什麼好呢？」

貂蟬道：「隨便叫什麼都好，只要順口就行，不必講究太多。」

「那怎麼行？他是我的女兒，我女兒的名字怎麼可以隨便叫呢？讓我好好想想！」高飛道：「**我的女兒長大了一定是傾國傾城的美人，我看就叫她傾城吧。**」

「傾城……好名字。」蔡琰拍手道。

貂蟬、公輸菲也覺得好聽，紛紛點頭。

屋子裡，一家人都沉浸於歡樂之中，不知不覺，夜幕降臨，蔡琰、公輸菲各自回去了，房裡就只剩下高飛三人。

昏暗的燈光下，高飛將貂蟬攬在懷裡，溫柔地說道：「辛苦你了，白天聽到你撕心裂肺的喊聲，我的心就有如刀割。」

貂蟬依偎在高飛的懷裡，對她來說，許久沒有這種溫馨的時刻了，自從她懷孕後，便很少和高飛在一起，這讓她和高飛越來越疏遠，雖然她知道，高飛是愛她的。

「我這輩子能嫁給侯爺，已經是最大的幸福了。侯爺此次回來，還要出去打仗嗎？」

「不打了，也該歇歇了，剛剛占領並州、冀州，許多田地都是荒蕪的，百姓流離失所，該是休養生息的時候。等我這陣子忙完戰後的瑣事，我會多抽出一點時間來陪你的。」

貂蟬依偎著高飛更緊了些，躺在高飛的胸口上，感覺就有了堅實的依靠。

鐵骨柔情，再鐵骨錚錚的男人，也會被女人的溫柔所融化，英雄難過美人關，正是這個道理。今夜他只想抱著貂蟬安穩的入睡，好好的肩負起一個做丈夫、做父親的責任。

只是剛出生的嬰兒是最麻煩的，一夜啼哭好幾次，還要給嬰兒換尿布、餵奶，折騰得高飛和貂蟬一夜未眠。

第二天早上，高飛沒精打采的，卻不得不強打起精神來，去燕侯府的政務大廳處理事情。

政務大廳裡，眾人齊聚，他們從不同的地方趕到薊城，準備與高飛共商大計。

「恭迎主公。」眾人見高飛走了進來，齊聲道。

高飛看到政務大廳裡站滿了人，徑直走到上首位置，抬手道：「大家都坐吧！」

看到眾人都坐了下來，高飛環視一圈，道：「今日把大家都召集到此地，是有很重要的事要吩咐，並州、冀州剛剛占領，許多事情還需要處理，包括戰後如何恢復，百姓如何安頓，我想聽聽大家的意見。」

在座的人裡，有精通軍事謀略的軍師，也有擅於執政的政治型人才，更有兩者兼備的人在其中，這些智謀之士雖然並不多，而且年齡呈現老中青三代趨勢，卻都算得上是高飛陣營裡傑出的佼佼者。

蔡邕、管寧、邴原三個人本來是不參政的，可是親眼看到了幽州百姓安居樂業的盛況，不知不覺也提出了一些建設性的意見。

薊城擴建後，吸引了大量的人口入住，如今的薊城，人口已經達到了五十多萬，四周都是開墾的良田，修建完善的道路，水利設施也很齊備，方圓幾十里內，薊城就像是一個糧食生產基地。

除此之外，遼東、涿郡、漁陽三郡也都是極其重要的糧食生產基地；雲州、昌黎、代郡、上穀四地的畜牧業相對發達，戰馬的供應主要便集中在這四郡之地；而樂浪郡、韓城郡、通化郡、延吉郡則因為太過偏遠，除了樂浪郡外，其他在征服東夷時設立的三郡之地都發展緩慢，雖然引入了農業，但是當地的百姓基本上還保持著原有的生活方式，漢化的過程還有很長的一段路要走。

荀諶是個內政型的人才，一聽完高飛的話，首先發言道：

「啟稟主公，戰後的恢復尤為重要，如今整個河北都呈現出荒涼的狀態，百姓有的躲進了深山裡，有的流入其他州郡，屬下以為，可效仿治理幽州的策略，輕徭役、薄賦稅、廣屯田、修水利，自然能夠使得百姓漸漸的回歸土地。冀州廣袤千里，土地肥沃，假以時日，必然能夠成為糧草供應最重要的地方。」

「屬下以為，除此之外，尚可進行軍屯，在士兵守衛的土地上進行開墾，一邊進行嚴格的訓練，一邊進行屯田，也可以增加糧草的供應。」田豐建議道。

高飛聽後，點了點頭，覺得兩個人的建議都不錯，便對身邊坐著的秘書陳琳道：「准！」

陳琳聽後，急忙揮筆寫下了幾行字。

打仗，打的是國力。所謂的國力，就是財力、物力和人力。在古代，糧草、錢財、人口的多少就是一個國家的國力。除了要有固定的糧食生產基地外，貨幣政策也是一個國家的生存法則。

「如今整個河北都在我燕國的治下，無論是幽州、並州還是冀州，我都將一視同仁。秦始皇統一天下之時，立刻設置了統一的度量衡，我也想效仿秦始皇，將燕國的錢幣給統一起來。以銅錢為基礎，銀為本位，制定統一的貨幣政策，在整個河北推行。」高飛想了許久後，朗聲說道。

蔡邕在朝廷做過官，一聽說高飛要推行新的貨幣政策，急忙道：「難道侯爺想廢除五銖錢？」

高飛道：「不，我想制定新的貨幣，不是廢除五銖錢，而是鑄造銀幣和金幣，一百五銖錢可以換取銀幣，十個銀幣換取一個金幣。五銖錢全國通用，早已經深入民心，不必去特立獨行，只需在五銖錢的基礎上加上銀幣、金幣即可，但是要以銀幣為本位，畢竟天下銀礦多，金礦少。所有的幣制生產，全部由專人負責，民間不得私自生產，違令者當處以斬首。」

五銖錢是我國錢幣史上使用時間最長的貨幣，也是用重量作為貨幣單位的錢幣，在中國五千年的貨幣發展史上起到了一定的影響。

西漢武帝元狩五年（西元前一一八年），在中原開始發行五銖錢，從此開啟了漢五銖錢的先河。一直到東漢末年為止，除了中間有些小的變動（例如王莽統治的時期）之外，西漢、東漢上下四百年內，五銖錢一統天下。

五銖錢奠定了中國圓形方孔的傳統，這種小銅錢外圓內方，象徵著天地乾坤。在下面用篆字鑄出「五銖」二字。「銖」是古代一種重量單位，一兩的二十四分之一為一銖，因此所謂「五銖」實際上很輕很輕。

眾人都沒有意見，畢竟五銖錢一統天下，從漢武帝時一直沿用到今，早已成為最本位的幣制，現在高飛將本位幣制提升到銀幣，只是考慮到銅礦、金礦的稀少，也是為了長久打算。

隨後，鍾繇、田豐、崔琰等人接連提出了一些民政的問題，高飛也在眾人的建議中吸取了意見，決定重新核實人口戶數，進行人口普查，並且制定可以胡漢通婚的策略，鼓勵多生育，增加人口。

中午，高飛宴請眾人，飯後繼續研討，整整一天，一共制定出了三十多條戰後恢復的條款，除此之外，還制定了法律規範百姓，並且廢除了奴隸制，禁止買賣人口。

傍晚時分，眾人散去，陳琳草擬好基本國策後，便讓屬官送到印刷廠進行印刷，然後頒布到燕國的各個郡縣裡。

之後幾天，高飛一直忙於政務，一方面要建造幣制的生產機構，另一方面啟用了之前一直未受到賞識的錢莊業務，改名為銀行，讓精通經商的士孫瑞擔任銀行行長。

過幾天，那些智謀之士還未離開薊城時，一批武將又從各州郡趕了過來。燕侯大廳裡，文武齊聚，高飛在大廳裡接受各級文武官員的拜謁。

「啟稟主公，如今我燕國占據天下的四分之一，平定了東夷之地，夫餘、匈奴紛紛遣使來請求歸附，鮮卑也被我軍驅趕到漠北，自從政令頒布後，燕國呈現出一派欣欣向榮的景象，侯爺功勞頗大，這個爵位似乎已不符合侯爺現在的身分，屬下等一致認為，**侯爺可為王，願侯爺以天下萬民為重，肩負起王天下的重任。**」賈詡陳情道。

「**王天下？**」

高飛心知肚明，他現在手握著玉璽，別說稱王，就是稱帝也沒人管得了，但是漢帝還在，而且他還沒有到稱帝的級別，先稱王自然是個不錯的選擇。

「請侯爺以天下蒼生為重，肩負起王天下的重任。」文武官員齊聲道。

「好，從今天起，我就開始王天下。」高飛從善如流道。

「屬下等拜見大王。」

他站了起來，沒有絲毫的猶豫，以他現在的實力，稱王沒有什麼不可以的。東漢早已是名存實亡，天子不過是擺設而已，掌控在馬騰父子的手裡，在長安安享生活，天下紛爭，群雄並起，高飛只不過是敢為天下先而已。

西元一八八年，十月。

燕侯高飛平定了河北，率先稱王，同時傳諭天下，但是並未引起太多的反感，河北之民眾望所歸，而燕國也從此開始了為期五年的休養生息。

豫州，睢陽城。

殘破的城牆被鮮血染紅，地上屍體成堆，血流成河，空氣中瀰漫著令人作嘔的血腥味，顯得是那樣的淒涼。

「呼！」魏軍的士兵砍斷了城牆上掛著宋軍大旗的旗杆，升起魏軍的大旗，標誌著這座城池已經成為魏國的屬地。

曹操身披鐵甲，頭戴熟銅盔，背後繫著大紅披風，騎著絕影，緩慢地向睢陽城中駛去。

徐庶、典韋、許褚跟在曹操的身後，都是一臉喜色，連續攻打了兩天的城池終於被拿下來了，他們的心頭怎麼會不高興呢。

「得得得……」斥候騎著快馬奔了過來。

「啟稟主公，河北有消息傳來，燕侯高飛率先稱王，並且發布檄文通告天下。」

曹操皺起了眉頭，擺擺手示意斥候離開，道：「傳令下去，全軍在城外休息一夜，明日一早，加速前進，必須儘快拿下整個豫州！」

「諾！」

陰霾的天空中，黑雲像一塊厚鐵，漸漸往地面上沉，似乎已經蓋到襄陽城上，壓得讓人透不過氣來。

襄陽城裡，全城軍民沉浸在一片哀傷之中，哭喪的聲音不絕於耳，從楚侯府一直到城門，襄陽城裡的百姓自發的披麻戴孝，站在街道的兩邊，紛紛垂下了熱淚。

「起！」

楚侯府的大門前，隨著一聲大喊，劉琦抱著劉表的靈位，從跪著的地上站了起來，邁著沉重的步伐，一步一步的向前走，在他的身後，則是一個巨大的棺槨，數十個大力士負責抬著這個棺槨，跟在劉琦身後。

再後面，則是荊州的各級文武官員，尾隨著出殯的隊伍。

楚侯劉表駕鶴西去，葬身在火海當中，屍骨無存，巨大的棺槨中，盛放的只是劉表生前的衣物，叫衣冠塚。身為劉表的長子，劉琦在蒯越的鼎力支持下，迅速控制住了整個襄陽城的局勢。

劉琦的繼母蔡氏因為兄長蔡瑁等人戰死，而蔡氏又未能有擔當大任的人站出來，加上他的兒子劉琮還是個嬰孩，根本無力掌控襄陽城的局勢，只能向劉琦妥協，以蔡氏之力支持劉琦接掌了楚侯之位，雖然不心甘，卻也無可奈何。

劉表的死訊是在九月中旬傳到荊州的，當時立刻引起了軒然大波，襄陽、江陵兩地直接受到劉表控制的士兵都躁動不安，群龍無首之際，一些將軍、大人都蠢蠢欲動。

幸好國相蒯越力挽狂瀾，將劉琦拱上了楚侯的位置，之後又動用關係，聯絡各級文武，才不至於使得襄陽、江陵兩地出現動亂。

但是，相比之下，其餘各郡皆出現了不同程度的騷動，荊州本來就不太穩固，劉表一死，各郡太守便蠢蠢欲動，有野心的人立刻招兵買馬，準備以武力吞併整個荊州，以至於荊州呈現出群雄割據的局面。

正因如此，所以劉表死了差不多有一個月，劉琦才騰出手來為自己的父親發喪。

出殯的隊伍很快來到城外，劉琦率領文武官員在蒯越的安排下，進入墓地。

正準備下葬時，卻見從東北方向馳來幾匹快馬，一行三人，中間的面白如玉，左側的面如黑炭，右側的則臉如重棗，三人三騎，皆是一身孝服的奔馳而來，正是劉備、關羽、張飛三兄弟。

蒯越見到劉備三人到來，眉頭立刻皺了起來，急忙走到劉琦的身邊說道：「主公，劉備來了。」

劉琦臉上沒有任何表情，看著父親的棺槨正在一點一點的下葬，他的心如同刀絞。

他不過才十五歲年紀，從小就是生長在溫室當中的花朵，面相和劉表極為相像，每次劉表一見到劉琦，就像看到了自己小時候一樣，因而對劉琦十分的寵愛，只讓其熟讀詩書，不讓他舞槍弄劍，是以身體顯得十分柔弱。

蒯越見劉琦不答，進言道：「主公，如今你已經是楚侯，乃是荊州之主，受到萬民敬仰，不可再以公子自居。劉備此來，必有所圖，據斥候來報，劉備在新野招納了不少新兵，一直在暗中訓練，今日前來弔祭老主公，必然是來探口風的，主公應該表現的剛強一些，切莫讓劉備有機可乘，此人外表忠厚，內心奸詐，不可不防。」

「國相，我曾經和玄德叔父見過一面，他並不像你說的那種人，他以天下蒼生為念，以匡扶漢室為己任，就連父親在世時也深受其感動，玄德叔父前來弔祭父親也是人之常情，國相怎麼可以這樣說他呢？」

劉琦心慈面善，有幾分劉景升的遺傳，可是卻少了幾分劉表生前所擁有的貴氣。

蒯越道：「主公千萬不能讓劉備的外表迷惑住，他隨同老主公征戰，斬殺呂布之後便提前回來了，而且他曾經和燕侯高飛有著過密的來往，又投過魏侯曹操，這樣的人不得不防啊。」

劉琦顯得有點不耐煩，隨口道：「好了好了，我知道該怎麼做了。」

蒯越搖搖頭，心中想道：「主公年紀太輕，尚未加以歷練，總是一副赤子的好心腸，我必須要讓主公改掉這個不好的習慣才行，否則荊州將會易主。荊南四郡已經脫離了楚國治下，江夏又被黃祖舊部占領，其餘各郡雖然尚未呈現出脫離情況，但也是遲早的事，**我必須設法保住荊州，保住楚國，絕對不能讓外人覬覦這裡。**」

不多時，劉備、關羽、張飛便翻身下馬，當著眾多人的面，徑直來到了劉琦的面前，齊聲道：「參見楚侯。」

劉琦沒有什麼架子，當即道：「免禮。」

劉備道：「我於昨日才得到消息，今日一早便急忙策馬而來，不想還是來遲了。景升兄已經駕鶴西去，還請楚侯節哀順變才是。」

劉琦早就把眼淚哭乾了，此時想哭都哭不出來，臉上帶著憂鬱，重重地嘆了口氣，道：「我時常會想起父親生前的模樣，想起父親之前對我的教導……可是，沒想到父親那麼早就離開了，我……我以後……」

「主公已經繼承了老主公的侯位，並且上表了朝廷，以後主公必然會竭盡全力的去完成老主公生前未能完成的遺願，終有一日，要將天下迎回舊都。劉將軍同為漢室宗親，應該竭盡全力的輔佐主公才對。不知道劉將軍目前有何打算？」蒯越生怕劉琦說錯話，插嘴道。

劉備看到蒯越陰著臉，便明白了，心道：「蒯越支持劉琦，無非是不想荊州落入他人之手，可是即使劉琦登上大位，也未必撐得起整個局面。劉表已死，荊州人心惶惶，有才之士紛紛思得明主，**我若不趁此時而起，必將永遠寄人籬下……**」嘴上卻嘆氣道：「唉！我能有什麼打算，新野小縣也是景升兄借給我的暫時棲身之所，如今景升兄歸去，我暫時還未想好要去哪裡呢。」

「哦，聽說交州牧士燮正在招賢納士，以劉將軍之大才，手下關羽、張飛之勇略，若是去了交州，必然會受到士燮重用。另外，我還可以寫一封信，士燮看後，必然會善待劉將軍，就是不知道劉將軍可否願意去交州一展宏圖？」蒯越試探地道。

「原來蒯越是想把我向外趕……」劉備暗想道。

「承蒙國相照顧，若真能得到一片棲身之地，備自然感激不盡。」劉備違心地道。

蒯越看了眼劉備身後的關羽、張飛，見關羽、張飛臉上不悅，心想：「**劉備野心勃勃，不是久居人下之人，留在身邊只會成為後患**，雖然能夠用得一時，卻無法用得了一世。關羽斬殺呂布，天下聞名，張飛也和關羽不相上下，他二人又是劉備的結拜兄弟，**荊州若要穩固，必先除去此三人**。然而主公對劉備頗有好感，若行殺招，只怕主公不肯相從，也只有將其驅逐出荊州了。」

「國相，叔父乃當世人傑，其弟關羽、張飛又都是萬人敵，當此之時，荊州正值紛亂之際，正是用人之時，國相怎麼能夠將人向外趕呢？」劉琦不明白蒯越的良苦用心，突然說道。

蒯越臉上抽搐了幾下，並未說話。

劉琦一把抓住劉備的手，說道：「叔父，父親剛剛身亡一月，荊州便立刻陷入慌亂當中，先是黃祖舊部占據江夏不聽號令，後是荊南四郡紛紛表示脫離楚國，當此之時，我荊州人才凋零，正是用人之際，侄兒懇請叔父留在荊州，替侄兒統御兵馬，平定荊州叛亂。」

「不可！」蒯越聽到劉琦要將兵馬交給劉備，心中一驚，急忙制止道：「主公，請借一步說話。」

劉琦看到蒯越神色反常，便鬆開劉備的手，隨蒯越走到一邊。

「主公，千萬不可將荊州兵馬交給劉備掌管，劉備此人野心勃勃，一旦掌控了荊州兵馬，主公將置於何地？襄陽、江陵兩地乃主公直屬兵馬，任何人沒有主公的命令不得調動，老主公在世之時，蔡瑁、張允二人雖然分管兵馬，可直接統御兵馬的依然是老主公，主公怎麼可以輕易將兵權交出？」蒯越心急道。

劉琦狐疑道：「我並不會統兵，叔父身經百戰，統帥兵馬必然要強過我，將兵馬交給他統御，替我平定荊州叛亂，有何不可？」

「主公啊，你不會統兵，屬下可教你統兵，蔡瑁、張允、黃祖都死了，王威、甘寧、蘇飛又投靠了燕軍，但是並不代表荊州沒有將才。請主公給我一個月的時間，我必然會挑選出幾位將才，分管兵馬，代替主公征伐。但是劉備不能用，只能防備，讓他待在新野即可，並且令南陽太守嚴加監視，若有異常舉動，便可行非常手段。」

劉琦道：「**國相讓我殺掉玄德叔父？**」

「殺掉劉備一人，能換取整個荊州的安寧，屬下認為這是很不錯的辦法。」

蒯越目光中露出殺機。

「不行，叔父仁德，我若殺之，必遭天譴，更何況他是我的叔父，我父親尚且待他不薄，我又怎麼下得了如此毒手？」劉琦堅決反對。

蒯越早有預料，冷笑一聲，道：「主公若不想殺劉備，也不應該用劉備，就讓他在新野縣待著，新野離襄陽很近，若有什麼異常舉動，一日之內便可抵達。」

「如果我執意要將荊州兵馬交給叔父統御，替我征戰呢？」劉琦問。

「那主公只能先殺掉我再做此事，我可不想看到荊州被劉備竊取。」蒯越義正嚴詞道。

劉琦臉上一怔，沒有想到蒯越的態度會如此堅決。

他之所以有今天的地位，多虧了蒯越鼎立支持，他對蒯越懷著一顆感恩的心，而且他的父親也對蒯越、蒯良兩兄弟很重視，蒯良雖然隨著他的父親戰死了，但是蒯越仍在，荊州兵馬仍在，只是換了一個主人而已。

「既然如此，那姑且聽從國相的意見，就讓玄德叔父在新野居住吧，若是他沒有什麼異常舉動的話，以後我必然會請叔父出山相助。」

劉琦說完，轉身離去。

蒯越嘆了口氣，搖頭道：「老主公和少主公都太宅心仁厚，又被劉備那廝的外表所欺騙，不過這樣也好，等到主公看到劉備的真實嘴臉後，就不會再相信劉備了。」

隨後，弔祭正式開始，劉琦、蒯越、劉備、關羽、張飛和襄陽的各級官員，紛紛祭拜了劉表，儀式完成後，眾人一起回到襄陽城，劉備、關羽、張飛則自行回新野。

「大哥，今天那蒯越也太不給大哥面子了，俺真想上前抽他幾個嘴巴子。」張飛並排和劉備、關羽走在一起，心裡不爽地道。

「劉表一死，荊南四郡便脫離楚國，黃祖舊部則占據江夏不聽號令，劉琦年幼，少不更事，根本撐不起荊州這個大局面。現在曹操正在進攻袁術的豫州，孫堅正在進攻淮南，**我們也是時候行動了，趁這個時候占據荊州，以荊州為根基，足可問鼎天下。**」劉備一邊走著一邊說道。

「大哥，荊州關係複雜，蔡氏、蒯氏等人全力支持劉琦，光劉琦掌控的兵馬就足有八萬之眾，我們在新野才不過區區四千人，如何抵擋得住劉琦八萬兵馬？」關羽頗感困難重重，憂慮道。

劉備卻是充滿了信心，道：「二弟和三弟都是萬人敵，能在萬軍之中取上將首級，如今荊州名將大多死在司隸，蔡瑁、張允、黃祖死後，荊州已經沒有多少可以統兵打仗的將軍了，甘寧、王威、蘇飛又投靠了燕軍，剩下的一批文士能打什麼仗？更何況劉琦也不一定能夠得到軍隊的支持，只要我們能做得好，做得漂亮，拿下襄陽、江陵兩地不成問題。不過，在這之前，一定要先奪取一個地方，作為我們的根基才行。」

「什麼地方？」關羽、張飛齊聲問道。

「**南陽郡！**」劉備說這話的時候，滿臉的自信，彷彿已經是他的屬地一樣。

關羽聽後，點點頭道：「南陽原本為袁術占據，後來袁術攻打豫州，劉表發兵攻打南陽，袁術的南陽太守李豐聞風而降，而劉表也一直以李豐為南陽太守，一直到今時今日尚且如此。李豐此人並無甚大才，手下雖有萬餘軍兵，卻也不足為慮。大哥，我願意率領五百軍士前去攻取南陽的郡城，擒獲李豐之後，其餘各縣必然會聞風而降。」

劉備等的就是這句話，臉上一喜，正準備應允，卻聽見張飛悶哼一聲，便問道：「莫非三弟也想去攻占宛城？」

張飛瞋目道：「俺去又有何不可？二哥斬了呂布，天下聞名，此種小戰，不如留給俺試矛好了，俺只一個人，便能擒獲李豐，占領宛城。」

「三弟不可亂來，回到新野後，我還是撥給你一千士兵為好，不然的話……」劉備道。

「哼！連大哥都看不起俺，那俺還有什麼面目活在這個世上？不用你們操心，俺獨自一人就能拿下宛城，到時候到新野迎接大哥就是了。」

話音一落，張飛猛拍了一下馬屁股，大喝一聲，飛奔而去。

「三弟哪裡去？」劉備緊張地道。

「南陽，宛城。」

一溜煙的功夫，張飛便消失得無影無蹤，只留下一地的煙塵。

「二弟，咱們趕緊回新野，火速調兵去宛城，三弟生性莽撞，且不能讓他生出事端來。」劉備急忙說道。

關羽倒是一點都不擔心，瞇著丹鳳眼，嘴角上微微一笑，說道：「大哥放心，三弟粗中有細，必然不會亂來。他既然敢單馬去宛城，想必心中必有主意。三弟這是在氣我，氣我殺了呂布，而不是他，不過，呂布卻並非死在我的手上……」

「嗯？明明是你一刀把呂布劈成了兩半，怎麼說不是死在你的手上？」劉備不解道。

關羽嘆道：「**世人皆看到我劈斬呂布，卻不知道其中的奧秘**，其實呂布可以擋過那一招，但是他沒有，而是坦然面對我的攻勢，有意讓我殺掉他的，所以，**呂布是死在自己的手上，我只是代勞而已**。呂布天下無雙，我和他還差了一個等級……**放眼天下，還有幾人能似呂布那般驍勇**?!」

「不管呂布是不是自己心甘情願的去死的，但他確實是被二弟你斬殺的，這一點是不爭的事實。二弟，我們趕緊回到新野，就算三弟有辦法，為了以防萬一，還是必須要派遣士兵前去接應的，不能置三弟的性命不理。」劉備急道。

「這個自然，我會親率五百軍士去宛城接應三弟，大哥留守新野即可。」

計議已定，二人快馬加鞭，因為關羽的赤兔馬快，所以先行離開。

第三章

臥虎藏龍

蒯越道：「第一位，乃潁川定陵人，姓杜名襲；第二位，姓裴名潛，字文行；第三位，姓和名洽，字陽士。另外，尚有袁紹外甥並州人高幹避亂荊州可堪重任。」

劉琦剛剛接掌荊州不久，自然不知道荊州內也是臥虎藏龍。

此時天色已晚，夕陽西下，暮色四合，劉備獨自一人走在官道上，又累又餓又渴。

這時，官道上響起快馬的馬蹄聲，劉備為人警覺，立刻鑽入路旁的樹林裡，隱藏在一棵大樹的後面。

那匹快馬跟了上來，走到劉備面前時，停下來左顧右盼了一番，馬上之人自言自語地道：「奇怪，剛才還在這裡的，怎麼一會兒便不見了？」

劉備見對方只有一個人，而且才二十出頭，穿著一身長袍，是個文士。他聽那文士的話，似乎一直在暗中跟蹤自己，便沒有說話，繼續躲在那裡。

「劉將軍！劉將軍……」

見那文士開始大喊了起來，劉備等了一會兒，見沒有人再跟來，確定那文士是一個人時，這才牽馬而出。

「不知道閣下是誰，為什麼一路尾隨我到此？」劉備手按雙股劍，做出隨時出劍的準備。

那文士見到劉備，臉上一喜，急忙翻身下馬，畢恭畢敬地拜道：「在下伊籍見過劉將軍。」

劉備從未見過這個人，問道：「你跟蹤我是為了什麼？」

伊籍一臉的笑意，朝前跨了兩步。

「刷！」劉備立刻抽出雙股劍，對準伊籍，喝道：「快說，不然我殺了你。」

伊籍先是一怔，隨後笑道：「劉將軍戒備心十足，確實令在下佩服。**在下之所以跟蹤將軍，是想投靠到將軍的麾下，不知道將軍肯否收留？**」

「投靠我？」劉備狐疑地道。

伊籍道：「在下乃兗州山陽郡人，幾年前兗州動亂，我避難荊州，暫時依靠劉表，現在劉表死了，我今日在弔祭上見到劉將軍氣度不凡，所以特來投靠，肯請將軍收留。」

「我不過一介武夫而已，何來什麼氣度？」劉備擔心是蒯越派人來故意探他口風的，便如此答道。

伊籍笑道：「莫非劉將軍擔心我是蒯越派來的？既然如此，我當先表忠心。」

話音一落，伊籍隨即抽出腰中懸著的佩劍，將劍刃握在手中，輕輕一拉，刀鋒所過之處沾滿了鮮血，他卻面不改色。

劉備見後，為之一震，想不到一個文士會有如此氣魄。他收起雙股劍，問道：「你真的是來投靠我的？」

伊籍將劍插在地上，撲通一聲跪在地上，也不去管手上的傷，抱拳道：「在下誠心誠意前來投靠將軍，還望將軍接納，從此以後，鞍前馬後，任憑差遣。」

劉備見伊籍誠意拳拳，急忙將伊籍給扶了起來，說道：「先生誠意相投，備感激不盡，只是我不過是寄人籬下的人，恐怕辜負了先生的一番誠意。」

伊籍笑道：「我遍覽荊州之人，也未曾見過像劉將軍這樣有氣度的人，劉將軍暫時的不順並不代表永久的不順，如今荊州動盪，正是男兒建功立業之時，楚侯劉琦軟弱，雖有蒯越輔佐，仍不足以震懾全州，江夏、荊南四郡均不受調令。將軍在北，南陽太守李豐乃一個庸人，若將軍先取南陽，再下襄陽，以將軍之勇略，必然能夠將荊州掌握在自己的手中。」

劉備見伊籍和自己的想法差不多，哈哈笑道：「你說的話正和我的意思，走，咱們到新野一聚。」

二人一起上馬，並排行走，一路上劉備和伊籍相互攀談，很是投機。

入夜後，劉備和伊籍方才到達新野縣城，小小的新野縣城裡，城樓上燈火通明，巡邏的士兵來往頻繁，城池雖小，但也是一個棲身之地，倒是被劉備治理的井井有條。

糜芳站在城樓上，見劉備和伊籍回來了，主動打開城門，將劉備和伊籍迎了進去。

「主公，你怎麼才回來啊，關將軍帶走五百軍士急匆匆的走了，說是主公的意思，屬下一時攔擋不住。」

麋芳雖然是劉備的小舅子，但是論起親疏來，和關羽、張飛差得遠了，關羽帶兵出城，當時他其實連攔都沒攔，這會兒反倒在劉備面前搬弄是非起來了。

「嗯，雲長帶兵出城，是我的命令，不必阻攔。田豫呢？」劉備問道。

麋芳本想近一步煽風點火，哪知道竟然是劉備的意思，心想當時幸好沒有去阻攔，否則以關羽的脾氣，不責打他才怪。

此時聽到麋芳問起田豫，答道：「田豫在北門防守。」

劉備除了關羽、張飛以外，能帶兵打仗的就兩個人，一個是他的小舅子麋芳，另外一個則是田豫，除此之外，還真沒有哪個武將敢跟著他。

在徐州時，是他最為風光的一段，那時候他指揮著徐州的兵馬，手底下也有十幾員將軍，可惜在對抗入侵徐州的曹操時都戰死了，後來他就一直顛沛流離，直到今天還未有安身立命的地方。

「去把田豫叫來，順便將麋竺、孫乾、簡雍也一起叫來，我有事要吩咐。」劉備道。

糜芳點點頭，看了眼劉備身後的伊籍，問道：「主公，這位先生是？」

「哦，在下伊籍，字機伯，見過糜將軍。」伊籍拱手道。

糜芳從未聽過這個人，不怎麼感興趣，轉身走了。

劉備和伊籍一起來到縣衙大廳裡，不一會兒，糜竺、孫乾、簡雍、糜芳、田豫都來了。

劉備道：「我給大家介紹一個人，這位是伊籍先生，從今以後，他就是我們自己人了，暫時擔任我的幕僚，大家以後多親近親近。」

伊籍一臉的笑意，拱手道：「在下伊籍，見過各位大人、將軍。」

眾人也拱手表示友好。

劉備道：「如今荊州牧劉表去世，其子劉琦剛剛接掌荊州，便有江夏以及荊南四郡不聽其調遣，**當此混亂之時，正是我們崛起之日**，我已經命雲長、翼德去攻取南陽的郡城了，先奪下南陽，以南陽為根基，然後徐圖荊州。我們雖然兵少將寡，但是我相信，我們一定會拼出一番天地的。」

田豫道：「主公，關將軍只帶了五百軍士去宛城，屬下以為兵力太少了，我願意再帶一支兵馬前去支援。」

劉備道：「不必，你和糜芳還有更重要的事要去做。糜芳、田豫聽令。」

糜芳、田豫齊聲答道：「末將在！」

「命你二人各引一千軍士，一個去攻打安眾，一個去攻打湖陽，這兩個縣離新野甚近，只有先奪取這兩個縣，才能解除對新野的威脅。」

「諾！」糜芳、田豫齊聲答道。

「主公，我願意帶兵去攻打朝陽縣，此縣是襄陽到新野的必經之路，沿著淯水一帶可以設下防線，以防止襄陽的兵馬來攻擊新野，那裡有一處狹窄的地方，適合進行堵截，有一夫當關萬夫莫開之妙處。」

這時從大廳外面走進來一個身體修長、眉清目秀的少年，年紀充其量不過才十七八歲。

劉備見到那人到來，歡喜地道：「子瑜，你來了？」

這少年不是別人，正是**諸葛瑾**，自從在夏丘將整族人依附劉備以來，他從未正式加入劉備的麾下，一直以百姓身分自居。不過今天卻親自前來，又主動請求帶兵打仗，其意思就很明顯了。

諸葛瑾環視在座眾人，對劉備道：「劉將軍，子瑜此次前來，是準備投效到劉將軍麾下，還請劉將軍接納。」

劉備心中感到奇怪，自從他在夏丘接納諸葛氏一族以來，諸葛氏雖然跟隨他到了新野，可是卻給他一種若即若離的感覺，他也曾經派人去徵召過諸葛瑾，但是遭到諸葛瑾拒絕，說是要照顧年幼的弟弟。

此次諸葛瑾不請自來，令他十分意外，便道：「前次我派人去請子瑜，子瑜不來，今日為何不請自來？」

「**時機成熟之時自然是我前來之時**，上次時機還未成熟，就算我來了，也是閒著沒事做，不如在家照顧兩位弟弟，如今時機成熟，正是我前來效力之時。」諸葛瑾一本正經地道。

劉備聞言道：「哦？那我倒要聽聽，是怎麼樣的時機成熟之時？」

「楚侯、荊州牧劉表身亡，其子劉琦雖然接掌荊州，然而卻不足以服眾，雖然有國相蒯越輔佐，但劉琦的性子太溫和，不是做大事的人，**大凡成就大事者，必須要忍常人之所不能忍**。劉將軍飄零數年，游離於諸侯之間，雖然尚未有一個棲身之地，但是這種經歷也未必不是一件好事。

「如今時機成熟，正是劉將軍興起之時，我諸葛瑾對劉將軍救了我父親一命自然是感恩戴德，我諸葛氏又受到劉將軍的庇護，算來也是該報答劉將軍的時候了。劉將軍若不嫌棄，我諸葛子瑜，願意從此追隨將軍，鞍前馬後，在所不辭。」諸葛瑾躬身拜道。

劉備聽到諸葛瑾的這一番話，心血澎湃，當即站了起來，走到諸葛瑾面前，笑道：「子瑜來的正是時候……」

諸葛瑾道：「主公，兵貴神速，事不宜遲，連日來主公秘密操練士卒，為的不就是今日，應該連夜發兵，以迅雷不及掩耳之勢攻占三縣之地，以壯聲威。」

劉備道：「好！那我撥給子瑜一千兵馬去取朝陽，今夜便出發。」

「主公，我軍總共四千兵馬，關將軍帶走五百，如今主公又撥出去三千，新野只剩下五百人，會不會有什麼危險？」糜芳擔心地道。

諸葛瑾道：「糜將軍放心，如今沒人敢動主公，只有主公先發制人，才可以將南陽占為己有。南陽一地的太守、縣令皆聽令於劉琦，劉琦不下命令，他們縱然有天大的膽子，也不敢亂來。所以，這才給了主公先發制人的機會，等奪取了南陽，劉琦再調度兵馬，只怕早已經來不及了。」

劉備道：「子瑜言之有理，你們都不要有顧忌了，這就出發吧。」

「諾！」

隨後，糜芳、田豫、諸葛瑾各引一支軍隊出城，劉備則站在城樓上為其送行。

南陽，宛城。

李豐剛剛睡醒，又貪婪地吻了一下懷中抱著的美女，雙手在美女的胸部上揉搓了幾下，這才從床上赤條條的跳了下來。

「大人，奴婢是不是伺候的大人不舒服了？」躺在床上的美女嬌聲嬌氣地說。

李豐回頭看了眼美女豐盈婀娜的身體，邪笑道：「你個小妖精，來，讓我把你餵飽了再出去幹正經事。來，再讓我親一個。」

「砰砰砰！」敲門聲登時響起。

「誰他娘的這麼沒有眼色，竟然敢來打擾老子？」李豐怒不可遏。

「大人，外面來了一個黑臉漢子，打傷了不少衙役，吵著要見大人……」

「混帳東西，哪裡來的王八蛋，這麼不開眼？」李豐轉身對美女安撫道：「小妖精，在這裡等我，我很快就會回來。」

太守府的大門外，一幫衙役和一群士兵都被打得遍體鱗傷，一個個躺在地上爬不起來，痛苦的哀嚎著。

張飛一隻手抓著一個士兵，另外一隻手橫著丈八蛇矛，瞪大了眼睛，臉上青筋暴起，虯髯根根陡立，順手將手裡抓著的那個士兵給扔了出去，大聲叫道：

「快去叫李豐給俺滾出來，爺爺有事情要找他。」

一群人被張飛打得東倒西歪，爬都爬不起來，一個個哀聲嚎叫著，求饒道：「張爺爺饒命啊，張爺爺饒命啊。」

張飛連夜趕到了宛城，一路狂奔，連休息都沒有顧得上，於今日平明剛好抵達宛城城下，剛一下馬，他的座騎便累得不行，直接倒在地上口吐白沫了。

幸好這時宛城的城門打開了，張飛一臉煞氣的進了城門，從城門口便叫嚷著要見李豐，士兵阻攔不及，被張飛一個人從城門邊打到太守府的大門前，所過之處，傷的傷，逃的逃，竟然沒有一個人能夠制服住張飛。

「誰那麼大的膽子，竟然敢到太守府來撒野？」李豐一身戎裝，腰中懸著一把長劍，帶著侍衛走了出來。

宛城有馬步軍八千，按理說擋住一個張飛不成問題，可是這件事來得太突然，從張飛進城一直打到太守府，前後才一小會兒的功夫，加上昨夜八千將士笙歌狂歡，都喝得酩酊大醉，只有少數百餘人負責看守城池，這才讓張飛占了個大便宜。

張飛看見李豐走了出來，打量了一下李豐的穿戴，戟指問道：「你可是南陽太守李豐？」

李豐見一個面黑如炭，虎目鬚張的魁梧漢子站在那裡，再看門前的地上躺著一群哀嚎的士兵，便感覺這個人不是很容易對付。

不過，他早有防備，將二十名強弩手安插在太守府門前的暗處，只要對方一動，便立刻會有弩箭射出，將其射殺。

「大膽！本官的名字也是你叫的嗎？你這個莽夫，竟然敢大鬧太守府，不想活了是不是？」

李豐有恃無恐，底氣十足，除了那二十名強弩手外，他的背後還有十名訓練有素的貼身護衛，每個人的武藝都很高強，以三十個強卒對付一個莽夫，應該不會有什麼問題。

「哼！果然是你，真是太好了。俺是張飛，識相的，就趕緊把你的南陽太守的印綬交出來，否則俺就讓你血濺當場。」張飛將丈八蛇矛向前一橫，伸手向前一攤，道。

「張飛？何許人也？我沒有聽過。你這個莽夫居然敢藐視本官，還妄圖謀反，來人啊，將這個莽夫拿下！」

李豐向來以自我為中心，只會去關心那些有名望的人，別說是張飛他沒聽過，就連劉備他也只聽人說過一兩次。

沒等李豐的手下回應，憤怒的張飛便展開了攻擊，丈八蛇矛在手中猶如一條巨蟒撲向李豐。

「放箭！」

李豐大吃一驚，沒想到對方行動會如此迅速，身子向後退了好幾步。十名貼身護衛擋在李豐面前，抽出腰中的長劍，隱藏在暗處的二十名強弩手一聽到命令，便毫不猶豫的扣動強弩的機括，二十支箭矢劃破長空，朝張飛射了出去。

張飛已經發現暗處藏有弓弩手，因此早有提防，當支箭矢撲面射來時，只見他握著丈八蛇矛的手不停地抖動，丈八蛇矛如同靈蛇吐信，便將射來的箭矢紛紛撥落，一連串「叮叮叮」的兵器碰撞聲不絕於耳。

強弩手一通箭矢射完，還來不及裝填新的箭矢，張飛便逼近了太守府門前。

李豐驚道這人竟如此厲害，連連後退，「刷」的一聲抽出腰中佩戴的長劍，朝身前的貼身護衛吼道：「快擋住他，快擋住他。」

十名護衛毫不猶豫，立刻一擁而上，長劍全部刺向張飛的要害，三個在左，三個在右，四個在正面，一起攻向張飛。

「呔！」張飛大喝一聲，雙手握著丈八蛇矛繞著自己的腰部轉了一圈，擋下那十名劍士的攻勢，殺招隨手而出，巨蟒張開了血盆大口，在十名劍士的喉頭上咬了一口。

「哇啊……」一連串慘叫聲響起，十名劍士捂著脖子，再也叫不出來了，只在那裡死命掙扎，手中的劍也紛紛落地。

丈八蛇矛的矛頭沾滿了濃稠的鮮血，張飛沒有任何停留，直接朝向驚恐不已的李豐。

李豐嚇得不輕，他還是頭一次看到這樣的場面，自己的手下竟然如此不堪一擊。

他見張飛舞動著丈八蛇矛刺了過來，本能地提起長劍去遮擋，哪知道握著長劍的手剛舉起來，那丈八蛇矛頓時下沉，矛頭直接刺進他的腹部，冰冷的刺痛感頓時讓他發出一聲慘叫。

張飛絲毫沒有留情，丈八蛇矛連續七進七出，硬是活生生的將李豐的身上刺出了好幾個血窟窿。

血花四濺，李豐倒地。張飛轉身怒視著那二十名強弩手，吼道：「不怕死的都給俺上來！」

吼聲如雷，傳入在場每一個人的耳朵裡，那二十名強弩手不由得身體發顫，手中的弩機再也舉不起來了，紛紛跪在地上求饒。

張飛矗立在那裡，一身威風地道：「李豐已死，俺張飛從此以後接管南陽郡，不服氣的都給俺上來！」

關羽騎著赤兔馬，帶著二十名騎兵，四百八十名步兵，於正午時分趕到了宛城城外，距離宛城只有不到五里路程。

「三弟獨自一人去宛城，這會兒也不知道怎麼樣了，以三弟的脾氣，定然是獨自一人闖進太守府斬殺李豐，然後威懾其部眾，但願不要出現什麼意外才好。」關羽心中想道。

「全軍加速前進！」關羽一聲令下，加快行進的速度，朝宛城奔馳而去。

一段時間後，關羽帶著五百馬步軍來到宛城城下，見宛城城上依舊掛著楚軍的大旗，士兵仍在巡邏，心中不免擔心了起來，想道：「難道三弟沒有成功？」

關羽提著青龍偃月刀，騎著赤兔馬，朗聲朝城牆上喊道：「某乃關羽，特來攻取宛城，識相的快點打開城門，不然要你們血濺當場。」

關羽因為斬殺呂布的緣故，美名傳遍了大江南北，「美髯刀王」的稱號也迅速竄紅。

城牆上，一個小校見關羽立馬在城下，臉上非但沒有表現出害怕，反而顯得很是高興，環抱著雙臂，哈哈笑道：「關雲長也不過如此嘛，只可惜你來晚了一步，你那結拜兄弟張翼德已經被我家太守大人斬首了，如今也該輪到你關雲長授首了。」

話音一落，小校抬起手臂，城牆上弓弩齊備，戰鼓擂響。

關羽聽了，臉上現出驚詫之色，**他無論如何都不敢相信張飛竟然被殺了，他的丹鳳眼射出不尋常的殺機。**

「三弟！二哥今日要替你報仇……」

正想時，城牆下忽然殺出三股兵力，左、右、後三面將關羽圍定，牢牢地包圍住。

關羽大吃一驚，心想：「**難道李豐帳下有高人相助不成，居然知道我會隨後趕來，預先設下埋伏？**」

這時，宛城的吊橋放了下來，城門突然打開，張飛一臉笑意的騎著駿馬從城裡出來。

「二哥，剛才沒把你嚇壞吧？」張飛來到關羽面前，嘿嘿笑道。

關羽惱道：「都什麼時候了，三弟還有心情開玩笑?!」斜眼看著張飛身後幾名鼻青臉腫的校尉，已然明白了幾分，敢情是張飛用武力制服了這幾人。

「二哥，俺也是想看看你聽到俺死後有什麼反應嘛，沒想到你居然面無表情，實在是氣死俺了。」張飛抱怨道。

關羽責備道：「三弟，以後不可再這樣胡鬧，走，進城，派人去迎接大哥過來。」

「好。二哥請！」

荊州，襄陽城。

短短三日之內，劉備便迅速攻占整個南陽郡，將南陽郡占為己有，並且分派兵力部署在襄陽通往新野的必經之路上，阻斷了襄陽城的救兵。

「真沒有想到，玄德叔父竟然會如此的道貌岸然，我待他不薄，他竟然要反我？」劉琦斜躺在椅上，唉聲嘆氣地道。

「當初屬下勸說主公殺掉劉備以絕後患，主公仁慈，不肯下手，以至造成今日的惡果。不過，李豐本來就是個庸兒，部下雖然有萬餘兵士卻不足為慮。眼下當務之急，應該火速派兵，趁劉備立足未穩之際前去攻打南陽，只有如此，才能讓荊州北部得以安定，主公也可以專心對付荊南四郡。」蒯越諫言道。

劉琦哀怨地道：「自蔡瑁、張允戰死，王威投降燕軍之後，我軍人才凋零，能帶兵打仗的人就少之又少，劉備久經沙場，雖然屢嚐敗績，但也不能小覷，不知道我軍當以何人為將，前去討伐劉備？」

蒯越道：「荊州乃風水寶地，文人武將也並不匱乏，雖沒有劉備之關羽、張飛勇猛，卻都是有勇有謀之人。屬下願意為主公推薦數人，可使他們前去平定劉備。」

劉琦歡喜地道：「哦，國相推薦何人？」

蒯越道：「第一位，乃潁川定陵人，姓杜名襲，字子緒；第二位，乃河東聞喜人，姓裴名潛，字文行；第三位，乃汝南西平人，姓和名洽，字陽士。另外，尚有袁紹外甥並州人高幹避亂荊州，就住在襄陽城中，除卻以上四位可領兵打仗外，尚有幾位智謀之人，也可堪重任。」

劉琦剛剛接掌荊州不久，連眾位武將的臉都沒有混熟，自然不知道荊州內也是臥虎藏龍，聽蒯越一下子便列出四位人才，追問道：「國相尚有何人，請舉薦過來。」

蒯越道：「汝南平輿人，許劭，字子將，此人乃當今大漢司徒許靖之弟，頗有計策，善於觀人，魏侯曹操曾經前去拜訪，被許劭稱為『治世之能臣，亂世之奸雄』，如今他正避亂荊州，居住襄陽城外，若得他為軍師，則不愁劉備不能平定。除此之外，從事中郎韓嵩、別駕劉先、傅巽等人皆可為參軍。」

劉琦聽後，熱血澎湃道：「好，那就即刻發兵，攻打劉備，他既然對我不仁，也別怪我對他無義。」

蒯越怔了一下，沒想到劉琦會那麼草率，說道：「主公，必須先選出一位主將才行，不然的話四將各自為戰，士兵不知道令從何來，必然會手忙腳亂。」

劉琦不懂兵事，道：「那就請國相做主，調兵遣將，攻打劉備。」

「諾！」

蒯越得到了劉琦的全權委託，便讓人將杜襲、裴潛、和洽、高幹、許劭、韓嵩、劉先、傅巽八個人從襄陽城內外請到太守府裡來。

這八個人，有避亂荊州的，有原先就在劉表帳下為官的，分別住在襄陽城裡不同的地方，一時間難以聚集。蒯越在太守府的大廳裡等了好久，八人才陸陸續續的過來。

杜襲、裴潛、和洽、高幹、許劭、韓嵩、劉先、傅巽八個人來自天南地北，從未曾有過來往，今日突然齊聚一堂，都感到有一絲不尋常。

蒯越環視八人，道：「今日將八位叫來，確實有點唐突，不過，如今已經到了火燒眉毛的時候了，自老主公與家兄仙逝之後，楚國便風雨飄搖，先是荊南四郡在長沙太守張羨的蠱惑下一同造反，接著便是黃祖舊部張虎、陳生坐擁江夏兩萬之眾不受調遣，派遣兵士四處掠奪，現在又有新野令劉備攻占了南陽，荊州原本一派祥和之地已經不復存在，不得不以非常手段召集諸位前來議事。」

傅巽雖然是文士打扮，可他是北地泥陽人，處於邊郡，生性豁達，身材健壯的他，立刻拱手道：「國相大人召見，必有要事，楚國風雨飄搖，我輩避亂荊州數年，得楚侯恩惠不少，今日正當是我輩效力之時，還請國相大人有話明言。」

蒯越很欣賞傅巽，嘆了口氣道：「公悌之言深得我心，我想老主公在九泉之下，必然也會感到欣慰。數月前，劉備前來投靠，老主公念及他是皇室血脈，予以收留，對他更是倍加厚愛。哪知這個人道貌岸然，狼子野心，老主公屍骨未寒便起兵造反，占領了南陽全郡，更大肆招兵買馬，欲徐圖襄陽。主公見他不仁不義，下令攻打劉備。可是荊州兵馬自蔡瑁、張允去陣亡、王威投靠燕軍之後，便無大將可以委派。我深知各位能力，故推薦給主公，**希望八位兵分四路，一起去攻打劉備，不知諸位意下如何？**」

在座的八人都受過劉表的恩惠，此時蒯越相邀，自然不會坐視不理，紛紛異口同聲道：「願聽國相大人調遣。」

蒯越滿意地道：「好，杜襲、裴潛、和洽、高幹，命你四人分別為將軍，以杜襲為主將，各帶兵五千人，兵分四路攻難南陽。子將先生為軍師，韓嵩、劉先、傅巽為參軍，明日午時三刻，兵發南陽。」

杜襲、裴潛等八人齊聲道：「諾！」

南陽，宛城。

劉備站在城樓上，撫摸著城池上飄蕩著紅底金字的「劉」字大旗，心中一陣惆悵。

「從黃巾之亂開始，我便一直顛沛流離，歷時四年，輾轉數千里，方才到達荊州這片肥沃的土地上，今時今日方有一座屬於自己的城池，無論如何，我都要拿下荊州，成就心中的大業。」劉備望著天空，自言自語地道。

這時，一個斥候從城外慌張的過來。

「主公，大事不好了，劉琦發兵兩萬，兵分四路，聲勢浩大，勢不可擋。前部先鋒高幹、和洽先破糜將軍於安眾、田將軍於湖陽，接著從背後襲擊朝陽，諸葛將軍見敵勢大，主動撤退，如今三位將軍被圍在新野，三千兵馬只剩下一半不到，特地派小的前來求救。」斥候上氣不接下氣地道。

劉備皺眉道：「領軍之人是誰？」

「劉琦以杜襲為主將，裴潛、和洽、高幹為副將，許劭為軍師，韓嵩、劉先、傅巽為參軍，其中騎兵五千，步兵一萬五千人。」

劉備道：「敵人來勢洶洶，你火速回去，稟告諸葛瑾，讓他全權堅守新野城，新野城郭雖小，然經過我幾個月的修葺，城防足夠支持月餘，城中糧草充足，我這就召集兵馬親自趕赴新野救援。」

「諾。小的告退！」

斥候下了城樓，騎著快馬，飛也似的走了。

劉備意識到事情的嚴重性，當即讓人將關羽、張飛給叫來，留下糜竺、簡雍和一千士兵守城，自己帶著關羽、張飛、孫乾以及收編來的南陽郡的一萬馬步軍，浩浩蕩蕩的殺向新野。

新野城裡。

諸葛瑾全權負責城防事宜，初出牛犢不怕虎，做起事情來，要比糜芳穩重的多。

他按著腰中長劍，望著城外駐紮著的楚軍將士，心中想道：「楚軍之中有能人，居然聲東擊西，先破安眾、湖陽，然後從背後夾擊我，若非我得到的消息準確，及時先走，只怕會在夾擊中全軍覆沒。」

「軍師，可有破敵之策？」田豫與諸葛瑾年紀相仿，卻顯得很是幹練，他生在幽州，自幼弓馬嫻熟，自從跟隨劉備以來，從未有過怨言，參戰次數不少，磨練了他的意志，使這個青年看起來極為成熟穩重。

諸葛瑾見是田豫來了，便道：「敵軍兩萬人未損一兵一卒，光是利用騎兵偷襲安眾、湖陽兩地，便致使我軍損兵折將，步兵尚未出動，看來敵軍尚未動用全力，圍而不攻又是何意？」

田豫道：「莫非是在等援軍到來，一起攻打？」

「不！以楚軍訓練精良的兩萬士兵來看，對付從李豐那裡收編過來的萬餘雜兵，根本不需要援兵。何況，為楚軍出謀劃策的人又是許劭，此人乃海內名士，智略過人，若要強攻新野，不出三日便可攻下，可是**如今卻圍而不攻，我卻想不透這其中的道理了。**」諸葛瑾道。

「很簡單，**此乃許劭圍魏救趙之計**，兄長何以看不出來？」

一個稚嫩的童聲從諸葛瑾的背後響了起來，面如冠玉的諸葛亮不知道什麼時候來到了城樓上，正一臉邪笑的看著諸葛瑾。

諸葛瑾回過頭，見諸葛亮站在那裡，便道：「孔明？你怎麼來了？」

諸葛亮笑道：「兄長來得，我為何來不得？如今大敵當前，整個新野城裡人心惶惶，我又怎麼能夠坐視不理呢？」

諸葛瑾道：「天下興亡匹夫有責，既然你來了，就幫我分析一下，敵軍的下一步動作是什麼？」

「許劭如今用的是圍魏救趙之計，先將我們團團圍住，再派人扮成斥候前往宛城，將主公引誘出來，然後趁虛而入，只要宛城一被拿下，主公帶兵游離在野外，無險可守，自然會被敵軍的強兵擊破。李豐的部下都是一些無能鼠輩，未加訓練，守城或許還可以，但是一到野戰上，只怕就會聞風而降了。」諸葛亮分析道。

田豫聽後，急忙道：「那我率部衝出突圍，去給主公報信。」

「只怕已經為時已晚了。」諸葛亮搖頭道。

田豫聽後，皺起眉頭問道：「那該怎麼辦？」

諸葛亮笑道：「不必慌張，主公身經百戰，身邊又有關將軍、張將軍為輔，定然會發現敵人的端倪，如果主公連這點都發現不了，那我又何必要全族前來投靠？現在新野暫時無虞，只要主公那邊不動，宛城不丟，十天之內，敵軍不會攻打新野。」

「孔明，聽你說完，令我茅塞頓開。十天之內，我們一定要先擊破敵人的包圍，田將軍，你去把糜將軍叫來，我有吩咐。」諸葛瑾道。

「諾！」

田豫走後，諸葛瑾對諸葛亮說道：「你可有什麼破敵之策嗎？」

諸葛亮道：「兄長已經成竹在胸，我又何必畫蛇添足？兄長，我先回去了，明天早上，我在家裡等候兄長凱旋的消息。」

說完，諸葛亮轉身離開，邁著小腿，悠閒的下了城樓。

諸葛瑾看著諸葛亮離開的背影，暗暗想道：「孔明小小年紀，便將事情看得如此通透，看來我諸葛氏必然會出現一個舉世的奇才。」

城北。

田豫找到守在北門的糜芳，抱拳道：「糜將軍，我奉軍師之命前來請將軍到南門一敘。」

「不去！他諸葛瑾一個黃口小兒，還真拿著雞毛當令箭了？老子帶兵打仗的時候，他還穿開襠褲呢！」糜芳驕縱地道。

田豫和糜芳共事多年，自然知道糜芳的脾氣，嘿嘿笑道：「糜將軍，好歹那諸葛瑾也是主公親自任命的軍師將軍，咱們要是不聽從他的調遣，以後主公要是怪罪下來，只怕難以擔當啊。再說，如今大敵當前，我們應該抱成一團，同心協力才對。諸葛軍師已經有了退敵之計，讓我來請糜將軍過去。」

糜芳想了想，道：「好吧，你前面帶路，我一會兒便到。」

田豫點點頭道：「那我就在城南恭迎將軍大駕了。」

田豫回到南門，登上城樓，回報道：「軍師，糜將軍一會兒便到。」

諸葛瑾冷笑一聲：「只怕未必。田將軍，你和我可先下樓吃上一頓飯，等酒足飯飽之後，再上樓來不遲。」

田豫臉上一怔，道：「軍師，那一會兒糜將軍要是來了，尋不見我們，該怎麼辦？」

諸葛瑾拍了拍田豫的肩膀，很有自信地道：「田將軍，你放心，等我們吃完飯，糜將軍也未必到來，你我或許還能小憩一會兒，養精蓄銳一番。反正破敵的時間在今夜子時，早一會兒晚一會兒的，也沒有什麼區別。」

田豫不得不佩服諸葛瑾，只和糜芳接觸短短一天不到，便能將糜芳的本質看透，實在是令他刮目相看。他雖然得到糜芳的應允，但是也不敢保證糜芳真的一會兒就過來，畢竟糜芳是劉備的小舅子，除了關羽、張飛、糜竺外，他誰也不放在眼裡。

諸葛瑾拉著田豫下了城樓，吩咐士兵好生巡邏，便讓人去弄了幾個小菜和一壺小酒，坐在軍營裡小酌。

「田將軍是幽州人吧？」諸葛瑾一邊給田豫斟酒，一邊不經意的問道。

田豫道：「正是，我乃是漁陽郡雍奴縣人，黃巾之亂時，雍奴縣發生瘟疫，全城的人有一半都染上了瘟疫，我僥倖得逃，帶著母親跟隨難民去了右北平。後來，主公前去依附公孫瓚，路過我所在的地方，我見主公相貌不俗，便跟隨左右，現在想來，也差不多有三四年了。」

諸葛瑾道：「田將軍辛苦了，我敬田將軍一杯。」

兩人共同舉杯。

諸葛瑾放下酒杯，問道：「田將軍獨自一人跟隨在主公身邊，可曾想念家中的親人？」

「說不想是假的，自從離開家後，便很少回去看望母親，之前在幽州還能時常回去，現在隔得遠，想見一面都難。不過，大丈夫志在四方，當建功立業，我的母親會理解我的。」

「那要是以後有人利用你母親來要脅你呢？」諸葛瑾聽後，不動聲色地道。

田豫皺起眉頭，端到嘴邊的酒杯又放了下去，疑心道：「軍師，這話是什麼意思？」

諸葛瑾道：「今天我抓了一個細作，是燕軍安插進來的，燕侯高飛已經在河北稱王，天下十三州，他一個人就占了三個半，東擊高句麗，使得東夷歸附，北逐鮮卑使得胡虜不敢南下，西和匈奴使得並州並未出現騷動。如今又把巴掌伸到荊州來了，想必也很在意主公的行動。將軍是幽州人，親人都在燕國境內，如若有一天，燕王派人帶來書信，用將軍的親人要脅將軍離開主公，不知道將軍將如何取捨？」

田豫這才知道為什麼諸葛瑾要請自己喝酒了，**原來是擔心自己會背叛劉備**。他向來孝順，哪怕是不要榮華富貴，也要保證親人的安危。他左思右想，始終沒有回答。

諸葛瑾道：「我大致明白田將軍的意思了。不過，請田將軍放心，我既然有此憂慮，就必然會想辦法解除這個憂慮，今夜之戰，關乎我軍存亡，若將軍不奮力殺敵驅散那些敵人，只怕以後也很難再見到親人了。不孝有三，無後為大，田將軍尚未婚配，應該竭盡全力保全自己，省得田將軍家裡白髮人送黑髮人。」

田豫聽了這番話，動容道：「軍師放心，今夜我一定會竭盡全力的殺敵，並且還要完好無損的回來見軍師。」

「很好，來，再喝一杯。不過可不要貪杯啊，小喝怡情，大醉傷身啊。」

一席談話，田豫覺得自己和諸葛瑾之間的距離拉近了不少。

兩人吃飽飯，再次登上城樓，看著外面樹下許多的營寨，兩人心裡都有一種壓力。

第四章

投石問路

「三將軍雖然莽撞，但武藝過人，他在前面，我們可以在後面跟著，如果遇到敵軍伏擊，正好出其不意，如果沒有遇到，自然直接殺到新野。」孫乾道。

「嗯，公佑說的不錯，用三弟投石問路，倒是個不錯的主意。」劉備道。

將近傍晚，麋芳才過來，見諸葛瑾和田豫都在，便道：「不好意思，我來晚了，北門的事情比較多，處理上棘手了些，還望軍師和天將軍多多包涵。」

諸葛瑾擺手道：「無妨，就算再晚會兒來，我也沒有什麼事。不過將軍既然來了，就請聽我一言吧。」

麋芳違心地道：「軍師請言。」

諸葛瑾道：「如今城外看似有兩萬大軍駐紮，實則不過區區三五千人，只不過是敵軍在虛張聲勢罷了。敵軍立下那麼多營寨，每個營寨都要留下人來把守，這樣一來，兵力就會有所分散，對我軍來說，無疑是一個好機會。只要我軍集中所有兵力，猛攻一點，然後順勢進攻其他營寨，在夜間發動突襲的時候，敵軍必然不會知道我軍有多少兵馬，一邊殺敵，一邊放火，將城外的營寨全部燒毀，此圍遂解。」

麋芳聽後，將信將疑的冷笑了一聲，看城外營寨林立，旌旗飄展，營寨內的楚軍士兵來回穿梭，便說道：「軍師不是在開玩笑吧，明明被大軍給包圍了，非要說是疑兵之計，如果真是疑兵之計的話，為何我絲毫沒有看出來？」

「你沒有看出來，那是因為你蠢！」諸葛瑾在心裡暗道。

當然，他嘴上不會這樣說，而是一臉和悅地道：「那將軍能看出什麼來？」

糜芳啞口無言，支吾了一下，不再說話了。

田豫當即說道：「糜將軍，我信軍師的話，將軍若不信的話，可以留在城中，我獨自一人前去破敵。」

「不！此計必須要由兩個人同時進行，一南一北，向同一個方向進攻，環繞敵軍大營一圈，只有這樣，才能使得敵軍首尾不能相顧，也才能讓敵軍摸不清我軍的真實意圖。」諸葛瑾看著糜芳，問道：「糜將軍，你可否願意在今夜發動夜襲？」

糜芳支吾道：「如果我去了，誰來守城？軍師又幹什麼？」

「呵呵，城不用守，我嘛，就在城裡待著，等著你們凱旋歸來。」諸葛瑾笑道。

糜芳不平地道：「我們都出城殺敵，軍師卻在城裡坐著，這未免太過諷刺了吧？」

田豫忙緩頰道：「糜將軍，怎麼可以這樣說軍師呢，軍師是個文人，又不能上陣殺敵，只在城裡待著就好……」

「怎麼，誰說文人就不能殺人了，文人可以借刀殺人啊，軍師把我們都支出去了，是借楚軍的刀來殺我們，楚軍在城外那麼多人馬，我們去不是等於送死嗎？」糜芳哼了聲。

田豫道：「糜將軍，軍師不是說了，敵軍在城外是虛張聲勢，只有三四千兵馬，如果我們夜襲敵軍的話，定然能夠取得勝利的。」

糜芳反問道；「你怎麼知道一定會勝利？萬一這個黃口小兒沒有算準，那我們豈不是要全軍覆沒了？以我看，只需堅守，不必出戰，或許能夠等到主公前來救援。」

「呵呵呵，好吧，那就請糜將軍在城中堅守，我親自率兵出城迎戰，但若是勝利了，糜將軍可就沒有半點的功勳，還請糜將軍謹記。」

「切！我才不會貪圖這半點功勞呢！」

「那好，糜將軍就留在城中，如今新野城裡一共有兩千名士兵，我和田將軍各率領五百名士兵出城作戰，請糜將軍留守城中，另外，伊籍先生可以輔佐糜將軍。這樣安排，糜將軍可覺得如何？」諸葛瑾道。

糜芳道：「這樣很好。」

田豫張嘴想說什麼，見諸葛瑾搖搖頭，便不再吭聲了。

糜芳沒耐性地道：「軍師若沒有其他的交代，我就先走了，我還有很多事情要做呢。」

諸葛瑾道：「嗯，去吧，不過，請糜將軍記住，今夜子時，帶五百兵馬到南門來。」

「這個我清楚，我不會留下新野城不管的。」糜芳說著，便下了城樓。

田豫見糜芳走了，便對諸葛瑾道：「軍師，一人五百，是不是太少了？」

「不少，剛剛好。既然糜芳不願意出城殺敵立功，那只有我親自來了。田將軍，你且下去吩咐一下本部兵馬，讓他們飽食一頓，子時的時候，撥給我一半，我從南門殺出，你從北門殺出，然後就朝同一個方向，一邊放火燒毀營寨，一邊殺敵，只求退敵，不求斬殺主將。」

「諾，屬下明白。」

糜芳回到北門，一路上還氣呼呼的，他很看不起這些文人，認為他們總是自以為是，當然，他對劉備不經過任何考察便直接任命諸葛瑾為軍師更生氣，可是他不敢直接向劉備發洩，只能給諸葛瑾臉色看。

除此之外，一想起他跟著劉備那麼多年，沒有功勞也有苦勞，竟然還不如一個新來的毛頭小子的職位高，讓那個毛頭小子來管自己，他實在咽不下這口氣。

在北門邊的營房門口，他赫然看見伊籍穿著一身長袍等候在那裡，怪道：

「伊先生為何來此？」

伊籍笑道：「哦，我在縣衙閒閒無事，便隨便走走，誰知道，這一走竟然走到這裡來了。聽士兵們說，將軍去南門了？」

「嗯，是去啦，又怎麼樣？」

「呵呵，將軍這說的是什麼話，我自然不能把將軍怎麼樣了，不過現在大敵當前，將軍還需多多提防才是。」伊籍提醒道。

「不用先生操心，我自然會知道怎麼做，先生若沒什麼事的話，就請回縣衙吧。」糜芳悶悶地道。

伊籍道：「將軍莫不是遇到什麼不順心的事啦？不如講給我聽聽如何？或許我能開導將軍一二。」

糜芳雖對文人很排斥，但是糜竺、孫乾、簡雍他們三個例外，畢竟在一起那麼久了，大家都相互瞭解。

「不用了，先生請回吧，請子時前過來，到時候我分給先生五百兵馬，去南門守城。哦，這是軍師的命令！」糜芳的話中充滿了火藥味。

伊籍自然知道這是諸葛瑾的命令，他來北門，也是諸葛瑾吩咐的，笑道：「糜將軍，今夜就等著看楚軍大敗吧，這可是件大功。」

「等等……你怎麼知道是件大功？」糜芳狐疑地道。

伊籍道：「將軍若不信，後半夜可自行觀賞。」

糜芳冷笑一聲，自言自語地道：「一群烏合之眾，就等著被楚軍全部殺死吧，一群自以為是的傻子……」

楚軍大營。

裴潛和韓嵩正在主帳中小酌，兩人舉杯對飲，相見甚歡。

「韓先生，對付一個劉備，有必要費那麼大的功夫嗎，李豐的兵馬都是一群烏合之眾，照我說，五千人便可以將劉備擊殺的體無完膚。」裴潛酒意正濃，豪氣地說。

韓嵩搖頭道：「裴將軍此言差矣，**劉備乃當世之豪傑，如同困在淺水中的巨龍，荊州正好是用武之地**，巨龍一旦入了深淵，那就不可估量了。裴將軍，劉備帳下的關羽、張飛都是當世之猛將，能於萬人軍中取上將首級，此等猛將，還需小心為妙。」

裴潛喝得微醉了，冷笑道：「關羽、張飛不過一介武夫，安能與我相比？我自幼學習兵法，舞槍弄劍，雖說武力不過平平，但若是給我二百人，我便能將關羽、張飛統統擒來。關羽、張飛之名不過是吹噓出來的，都說關羽斬殺了呂布，八成也是在呂布窮途末路，身陷重圍，全身受了重傷之後才被殺的，不然以呂布的神勇，關羽又豈是對手?!」

「裴將軍喝醉了，天色也不早了，我看不如就此作罷吧。」韓嵩勸道。

「沒醉！我還能再喝幾罈。韓先生，你和我現在是綁在一條繩上的螞蚱，蹦不了我，也蹦不了你，呵呵……」

韓嵩聽了有些不悅，道：「裴將軍這是什麼話？」

「韓先生莫要生氣，其餘人都去伏擊劉備去了，只有我們在這裡喝酒作樂，此等日子，並不是天天才有，不及時行樂，韓先生豈不是在暴殄天物嗎？」

韓嵩見裴將軍說的是酒話，便不在意，站起身子轉身要走。

忽然，營寨外傳來一陣嘶喊聲，火光瞬間竄了起來，韓嵩心中一驚，急忙出帳，但見營外火光沖天，黑夜中不知道來了多少敵人，只見人影晃動。

「糟了，敵軍夜襲大營了，定是劉備援軍巧妙的避過了伏擊，殺奔新野來了。」韓嵩驚慌失措地道。

「慌什麼，有我在呢！」裴潛東倒西歪的站了起來，提著長劍，來到韓嵩的身邊。

韓嵩見裴潛醉成這個樣子，根本無法戰鬥，便道：「將軍，請下令火速撤軍，或許還來得急。」

「不撤！全軍迎戰，我要斬殺關羽、張飛……」

楚軍有五千士兵，為了迷惑新野城裡的敵人，便在城外紮下了十座營寨，每個營寨分布五百人，已經包圍了一夜，大家都有些懈怠，也深知新野城裡的敵人不會殺出來，所以並沒有太多的防備。

月黑風高夜，火勢一經燒著便一發不可收拾，趁著風勢迅速蔓延到了臨近的大營，而那些還在大營裡睡覺的士兵，有的來不及逃跑，就被大火吞沒了，有的則是丟盔棄甲，剛從營裡跑出來，便遇到了敵人，直接被殺死。

田豫將五百部下分成五個百人隊，每隊襲擊一座大營，以放火為主，殺人為次，諸葛瑾也是如此，一千人的部隊在混亂中派上了用場，卻並未有一人傷亡。

裴潛在主帳邊堅持要戰鬥，卻被韓嵩命人強行拉走，他們剛離開大營，火勢便迅速蔓延到了主帳，當真好險。

新野城外，火光沖天，楚軍十座大營盡皆被大火吞噬，而五千士兵只逃出來三千多人，剩餘的不是被大火燒死，就是被敵軍殺死，可就這些逃出來的三千多人，連十個穿戴整齊的都沒有。

營寨中有五百匹戰馬，大火一起，那五百匹戰馬就驚慌了，掙斷了馬韁，早已跑得無影無蹤，就連韓嵩、裴潛也都是步行出營寨的。

新野城的北門城樓上，糜芳望著外面火光沖天，整個人呆在那裡，這一切在他的眼中簡直是不可思議，**他萬萬沒有想到，這麼輕易就擊退了圍在新野外圍一天一夜的楚軍，只彈指一揮間，所有的一切便化為了烏有。**

「諸葛瑾……不，是軍師……軍師實在是太神奇了……」糜芳此時佩服得五體投地，心中也是悔恨不已，不該那樣對諸葛瑾。

「糜將軍。」

糜芳正在震驚間，忽然聽到一個童聲在自己的背後響起。他急忙轉身，見諸葛亮不知道何時站在那裡，便問道：「你叫我？」

諸葛亮東張西望了一番，隨口問道：「這裡還有其他人姓糜嗎？」

糜芳怔了一下，沒想到諸葛亮這個小屁孩居然敢這樣跟他說話。他沒好氣的道：「你叫我有什麼事？別以為你哥哥是軍師將軍，我就不敢把你怎麼樣，你要是說不出叫我到底是何事，小心我治你一個大不敬的罪。」

「糜將軍應該看見城外的大火了吧？」

諸葛亮向前走到城垛邊，他現在的身高，也只比城垛高一個頭而已，看著外面火光沖天，隨口道。

「我又不是瞎子，看到了又如何？」

「難道麋將軍不想出去立功嗎？現在有一個很好的機會擺在麋將軍的面前，楚軍大營雖然被燒著了，可是楚軍並未完全潰散，尚有一部分應該會聚集在一起，經過大火這麼一燒，估計很多人都是手無寸鐵的，如果麋將軍能夠率領部下出擊的話，完全可以將那批人全部俘虜過來。」諸葛亮扭頭看著麋芳，緩緩說道。

麋芳十分詫異諸葛亮這個屁大的孩子會說出這種話來，不過，他細細想了想，覺得諸葛亮說的很有道理，心中暗想：**「難道這是諸葛瑾留下的後手？」**

「不必想了，這件事與我兄長無關，只要你率部出擊，必定能夠立下大功，到時候新野之圍一解，你和我兄長所立下的功勞便可平分秋色。」

麋芳看著諸葛亮，見他的雙眸深邃，完全看不透他在想什麼。可是不時散發出來的慧光，卻能看透自己的內心。

「這小屁孩竟然比諸葛瑾還可怕……」他心裡想著，嘴上不禁問道：「你……你為什麼要幫我？」

諸葛亮笑道：「麋將軍，**我不是在幫你，我是在幫我自己**，因為我現在身處新野城，我可不想死在這裡，若是敵軍有一人逃走的話，就會去報信，到時候來的可真就是楚軍的大軍了，那時候，也只有死戰了。」

只這麼幾句話，諸葛亮便說服了糜芳。糜芳雙拳緊握，看著城外，當即道：「好吧，那我就率部出城，可是城裡誰守？」

「不需要任何人守，糜將軍只管進攻就可以了。」

糜芳立即下令道：「傳令下去，全軍出城迎戰。」

此時，伊籍也率領兵馬到達了北門，上了城樓，對糜芳道：「糜將軍，敵軍大敗，現在正是追擊之時，切不可放過一兵一卒啊。」

糜芳道：「你來得正好，請隨我一同出城。」

「諾！」

城中所有的士兵一個不落的都出了城，騎兵在前，步兵在後，紛紛魚貫而出。

諸葛亮站在城樓上，抬頭望著天空，嘴角露出一抹笑容，暗暗想道：「應著主公的那顆星是越來越亮了，雖然和北方的那兩顆極為明亮的星星相比還遜色了許多，但是我相信，以後主公在我的輔佐下，一定會變成最耀眼的那顆星星。」

他又看了眼夜空，自言自語地道：「**高飛、曹操、孫堅，這三個人將會成為主公這一生中的障礙**，必須儘快讓主公拿下荊州才行。」

話音一落，諸葛亮轉身下了城樓，消失在黑夜裡。小小的身軀，像是一個來自黑暗的魅影，來去無聲，卻和黑暗完全融合在了一起。

裴潛經過這一場夜襲，整個人變得清醒許多，他提著長劍，看著燒著的大營，心裡一陣失落。

韓嵩也是不住的嘆息，道：「裴將軍，事已至此，我們應該快點離開這裡，去宛城要經過育陽和棘陽，杜將軍在棘陽設下了埋伏，我們應該去棘陽和杜將軍會合，然後再揮師南下，直撲新野。」

這時候，韓嵩和裴潛都弄清了敵人的兵力，雖然敵人只有一千人，他們有三千人，可是這三千人裡，手裡面有傢伙的只有寥寥數百人，其餘的都是些衣衫不整的士兵，就算再殺回去，也是白白送死。

裴潛懊惱不已，卻又無可奈何，當即道：「也只有如此了。」

話音一落，大家便向北沿著官道一陣急速狂奔。

大約跑出去三四里路，眾人開始喘了起來，裴潛見後面沒有追兵追來，便下令道：「全軍停下休息。」

士兵得令，便停在路邊喘著氣歇息。

忽然，官道兩邊的樹林射出一陣箭矢，那些沒有任何防備的士兵盡皆中箭身亡，倖存的士兵一時間驚慌失措，紛紛從道路兩邊向中間靠攏，擠在一個巴掌大的地方。

與此同時，糜芳騎著一匹駿馬，帶領一百騎兵在前面擋住了去路，手中提著長槍，看著那群楚軍士兵，大聲地笑了起來，道：「哈哈哈，你們已經被包圍了，不想死的趕緊投降，否則便讓你們去見閻王。」

話音一落，兩邊的樹林裡湧出穿戴整齊的士兵，伊籍則帶著兩百刀兵堵住了退路，將楚軍四面圍定。

裴潛、韓嵩一臉的驚詫，他們哪裡想得到敵人的反應會那麼快?!兩軍僵持，氣氛十分的緊張，有些楚軍士兵嚇得兩腿直哆嗦。

楚軍兵強馬壯，水軍也很出色，雖然劉表在世時，楚軍的總兵力一度達到了二十二萬，可是這二十二萬軍隊良莠不齊，其中以水軍最為出色，其次是屯駐在江陵的三萬精兵，襄陽這裡的兵馬雖然居多，卻很少打仗，加上蔡瑁、張允又不經常操練，自然就不夠精銳了。

裴潛首次出征，韓嵩也是第一次參戰，加上兩人之前並不熟悉，自然無法統帥軍馬，而這些楚軍士兵又都和裴潛、韓嵩不熟，在面對死亡時，許多人很快便做出了抉擇。

「我投降！」不知是誰第一個喊了出來，從人群裡走了出來。緊接著，不斷響起「我投降」的聲音，走出來的士兵也越來越多。呼啦一下子，三千楚軍投降的有一大半，裴潛、韓嵩看了，面面相覷。

「韓先生，現在該怎麼辦？」裴潛手足無措地道。

韓嵩苦笑道：「事到如今，也唯有一降了。」

「可是……」

「我之前說過，劉備是困於淺水的人中之龍，今夜我們兵敗，不能不說是一個機遇，劉琦雖然接掌荊州，但不足以服眾，蒯越也無法安定荊州，**能安定荊州者，唯有劉備而已**。裴將軍，你難道不想再領兵打仗，真正的去建功立業，想這樣默默無聞的死去嗎？」韓嵩道。

裴潛聽了道：「自然不能就這樣無名而去，我聽先生的，投降便是了。」

二人計議已定，隨即率領全軍投降。

糜芳、伊籍二人便將他們全部帶到新野城裡，交給諸葛瑾發落。

劉備、關羽、張飛、孫乾帶著一萬馬步軍出宛城不到十里，劉備便命全軍停下。

張飛問道：「大哥，何故停下？」

劉備皺著眉頭道：「我越想越不對，若是新野被團團圍住的話，那來報信的斥候又是怎麼出來的？還有，那個斥候十分面生，我從未見過，只怕是楚軍找人假扮的。」

「大哥，你太多疑了吧？咱們身後有一萬人呢，俺也不是每一個人都認識，楚軍就算找人假扮的，又能如何？俺老張只需丈八蛇矛向前一刺，便立刻能刺穿一串人的身體，有俺老張在，俺保證大哥的安全。」張飛拍著胸脯道。

關羽道：「大哥這麼一說，我也感到有點不對，就算不是假扮的，從新野到宛城，少說也要奔馳幾個時辰，騎馬的人必然會勞累不堪，或是風塵僕僕，可是來人全身上下卻很乾淨，不像是個長途跋涉的人。」

孫乾道：「主公，凡事小心為妙，屬下以為，當先退回宛城。新野一時半會兒也不會被攻下，我們不必急在一時，可以先派出斥候到前方打探一番，若真的沒有什麼異常，再發兵去救新野不遲。」

劉備道：「嗯，我也是這個意思。傳令下去，全軍退回宛城。二弟，你多派出幾個斥候去前方打探，以備不測。」

「諾！」

話音一落，十名斥候被派了出去，一萬士兵則跟著劉備、關羽、張飛、孫乾回到了宛城。

楚軍斥候一路上都在監視著劉備軍的動向，發現異常後，便去棘陽彙報給杜襲。

杜襲知道後，嘆道：「軍師之計雖然甚妙，但是劉備城府頗深，我曾經在楚侯府見過他一面，此人喜怒不形於色，不是一般角色，這會兒又退到了城裡，伏擊之計我看已經失效了。」

許劭笑道：「杜將軍，**此計不成，我還有一計**，勢必能將劉備誘出城。」

「哦，我願洗耳恭聽。」杜襲知道許劭多智謀，急道。

「劉備是個征戰沙場多年的老卒，根本不懂為將之道，既然他已經退入宛城，相信他也已經派出斥候了。如今，要想再誘出劉備，雖然有點困難，但也不是沒有辦法……」許劭賣起了關子。

杜襲、和洽、高幹、劉先、傅巽五人都用期待的目光看著許劭。

許劭清了清嗓子，喝了口茶，緩緩地道：「宛城的城牆高厚，又有護城河，攻打起來很難。可是，新野就不一樣了，新野乃一座縣城，只有南北二門，並沒有護城河，如果以大軍進行猛攻的話，不出一日便可以將新野攻下。劉備的家眷應該都在新野，如果我軍傾全力去攻打新野的話，劉備見後，必然會急速奔來。」

「如此……不僅新野可以攻下，劉備也能一舉擒獲。」杜襲聞言，點頭道。

許劭道：「不，我並不是真的要去攻打新野，新野有裴潛和韓嵩二人在，足以將新野圍得水泄不通。再說，新野小城，唾手可得，宛城是南陽的郡城，城中糧草、器械很多，必須先拿下宛城，不然，劉備若是堅守的話，短時間內就無法攻下。我的意思是，**把消息放出去，做出進攻新野的姿態，把劉備給引誘出來，**不先解決了劉備，終究是個禍害。」

杜襲大讚道：「很好，那就這樣做。」

眾人商議已定，杜襲命令全軍開拔，鼓噪而進，一時間鑼鼓喧天，旌旗密布。

劉備派出的斥候遠遠地望見楚軍的動向，都信以為真，立刻回到宛城去向劉備彙報。

宛城的太守府大廳裡。

張飛急得像熱鍋上的螞蟻，看著坐在那裡的劉備面無表情，便說道：「大哥，你倒是說句話啊，你只需給俺五百騎兵，俺親自去把那兩萬楚軍給挑了，把新野之圍給解除。」

關羽安撫張飛道：「三弟，大哥這不是也在想辦法嘛，你就別吵大哥了，讓大哥好好的思慮一番。」

孫乾、糜竺、簡雍三人也一起勸張飛，張飛捂住耳朵，吼道：「好好，你們在這裡想辦法，俺出去散散心，你們什麼時候想到辦法了再通知我。」

話音落下，張飛徑直出了大廳。

劉備坐在那裡，眉頭緊皺，一隻手托著下巴，眸裡射出道道精光，一副苦思冥想的樣子。

「大哥，現在該怎麼辦？咱們的家眷可都在新野啊，要是新野被攻下來，楚軍必然會用這些家眷來要脅我們，到時候……」關羽擔心地說著，見劉備的臉上更加憂鬱了，便不再吭聲了。

大廳內，氣氛異常緊張，所有的人臉上都是滿布愁雲，**因為他們猜不透楚軍到底是真的去進攻了，還是佯攻，然後設下圈套等他們跳進去。**

安靜，靜得讓人心裡發慌，所有人都是一籌莫展。

此時，張飛出大廳後，回到住處，全身穿戴了一番，身披鐵甲，頭戴鐵盔，拿起丈八蛇矛，腰中懸著佩劍，朝馬廄走了過去。

馬廄裡，赤兔和幾匹上等的良馬正在一起吃著草料。張飛行走如風，臉上更是帶著一股殺氣，正準備去牽自己那匹黑色的高頭大馬時，扭頭看見赤兔馬正悠閒的在馬槽裡吃著草料，兩隻烏溜溜的眼珠子轉動了一下，便走到赤兔馬的身邊。

看著這匹能夠日行千里、夜行八百的神駒，張飛心中不禁泛起了遐想：「如果我騎著這匹馬去解救新野的話，肯定能讓人望而生畏……」

他伸手摸了下赤兔馬的背脊，覺得馬鬃和皮毛都很柔順，一下子便愛上了這匹神駒。

赤兔馬宛若無人的自顧自吃著草料，一點也不理會張飛，對張飛的撫摸更是不屑一顧，邁開蹄子，向一旁挪了挪，似乎不願意被張飛那隻粗大的黑手撫摸。

張飛見了，心下驚奇，又向前走了兩步，貼近赤兔馬的身邊，一臉笑意地道：「赤兔啊，你讓二哥騎了那麼多天，也該讓俺老張騎一騎了吧，俺老張這次可是要騎著你去征戰沙場，殺賊立功，你……」

赤兔馬的身體又向一側挪了一下，並且發出一聲長嘶，似乎在抗議。

張飛也是個愛馬之人，一看赤兔馬這樣的反應，臉上立刻沉了下來，伸出大手，朝赤兔馬的背上猛拍了一下，暴喝道：「你這個畜生！俺老張騎你是看得起你，你以為你是什麼東西？先是被董卓騎，又被呂布騎，這兩個人都是敗類，人渣，好在俺二哥把你撿了回來，不然你非被袁術、曹操等人生吃活扒了不可，今天俺是騎定你了，你要是再敢給俺老張尥蹶子，俺老張就活活屠了你，把你的肉分給野狼吃！」

赤兔馬又發出一聲長嘶，但是這次的長嘶似乎底氣不足，身體也有點顫抖，馬眼裡映著張飛那張黑臉，只覺得這個人就是個屠夫。

馬也通人性，知道張飛生氣了，也怕張飛真的把牠給吃了，便點了兩下頭，表示同意了。

張飛哼了聲，牽著赤兔馬的馬韁，邊走還邊嘀咕道：「敬酒不吃吃罰酒！俺老張不是好惹的，不讓俺騎你，俺老張真的對你不客氣。」

張飛牽著赤兔馬出了馬廄，翻身跳上馬背，「駕」的一聲大喝，策馬奔出太守府，朝校場跑了過去。

校場上，幾個小校見到張飛來了，臉上都是一陣驚恐，前幾天被張飛毒打一頓，到現在身上的傷還沒有好呢。

幾個小校誠惶誠恐地圍了過來，道：「末將等參見三將軍！」

張飛沒有下馬，將丈八蛇矛向前一橫，矛頭差點戳到一個小校，小校一聲驚呼，向後跌倒在地，嘴上大叫「三將軍饒命」。

「呔！都他娘的一群膽小鬼，俺老張啥時候要殺你們了？手腳俐落點，去給俺點齊五百騎兵，都跟我一起出城，咱們去新野殺楚軍個片甲不留！」張飛暴喝道。

幾名小校面面相覷，不敢吭聲。

最後，推出來一個膽子大的，戰戰兢兢地說道：「三將軍，主公吩咐過，沒有主公的命令，任何人不能調動兵馬……」

「混帳東西！你們是不是還沒挨夠打？俺和大哥、二哥三位一體，大哥就是俺，俺就是大哥，所以，俺的話就是大哥的命令，你們這些人要是不想受刑的話，趕緊跟俺行動起來，俺數三十個數，如果沒有見到五百騎兵彙聚在俺的面前，俺一矛一個將你們身上捅出一個窟窿出來！」

小校們想到當初張飛殺了李豐，他們帶著五百士卒前來殺張飛，哪知道剛遇到張飛，便被打得落花流水，根本不是對手，其餘人見了，也不敢上前，最後迫於張飛的壓力，只好屈服在他的淫威之下。

現在，小校們聽到張飛要殺他們，哪裡還有什麼主公不主公的，在他們的眼裡，活命最重要，誰是主公並不要緊。於是，小校們一哄而散，迅速地去集結了五百騎兵，只一瞬間的功夫，便全部聚集在張飛的面前。

張飛看到這五百騎兵，滿意地點點頭，雙腿用力一夾馬肚，嘿嘿笑道：「赤兔啊赤兔，看來他們也和你一樣，都怕俺老張。不過，這樣也好，省得麻煩。」

赤兔馬縱然是一百個不願意也說不出話來，就算能說話，牠也未必敢違抗張飛，只能無奈地發出一聲長嘶，像是嘆氣，又像是埋怨。

張飛二話不說，騎著赤兔馬，連同五百騎兵出了城。

張飛出城後，守門的小校立刻跑到太守府。

「啟稟主公，三將軍帶著五百騎兵出城了，末將阻擋不住……」

「胡鬧！三弟越來越不像話了，怎麼可以亂來？」劉備正一籌莫展時，突然聽到這件事，登時大怒道。

關羽也皺起了眉頭，嘆道：「剛才三弟出去的時候，我就應該跟著他的。大哥，我現在就出城追他，以赤兔馬的速度，追上三弟不成問題。」

劉備尚未發話，小校便急忙說道：「二……二爺，三將軍他……正是騎著二爺的赤兔馬出城的……」

關羽聽後，重重地嘆了口氣，莫可奈何地道：「三弟也真是的，怎麼可以亂來？」

孫乾想了想，朝劉備道：「主公，既然三將軍已經出城了，也未必不是一件好事。」

劉備、關羽聞言，齊聲問道：「此話怎講？」

「三將軍雖然莽撞，但畢竟武藝過人，如今帶著五百騎兵出城，是朝新野方向而去，他在前面，我們可以在後面跟著，如果遇到敵軍伏擊，正好出其不意，如果沒有遇到，我們自然直接殺到新野。」孫乾道。

「嗯，公佑說得不錯，用三弟投石問路，倒是個不錯的主意。不過，以我們現在的兵力，如果真遇到敵軍設伏，根本不可能是楚軍的對手啊，出城迎敵，豈不是死路一條？」劉備憂心道。

孫乾分析道：「主公，關將軍『美髯刀王』的稱號已經傳遍了天下，正所謂**擒賊先擒王，只要先斬殺或者擒獲敵方大將，自然會使敵軍大亂**，我軍再出其不備，自然能夠取勝。」

關羽捋了一下自己的美髯，丹鳳眼中放出一道亮光，朗聲道：「就算沒有赤兔馬，關某也可以在萬軍之中取上將首級，讓天下的人看看，關某是不是浪得虛名！」

劉備聽到關羽這番話，感動地道：「好吧，大家共同努力，爭取一口氣吞併這撥敵軍。二弟，杜襲也是個將才，能擒則擒，不到萬不得已之時不要隨意殺戮。要想拿下荊州，這次前來攻打南陽的將士才是主力。」

關羽抱拳道：「大哥放心，我自有分寸。」

隨後，劉備集結了大軍，留下簡雍、糜竺守城，自己帶著一萬兵馬，與關羽、孫乾一起向新野進發。

張飛騎著赤兔馬，在官道上走走停停。

他不是第一次騎這種千里馬，之前高飛曾經送給他一匹烏雲踏雪馬，可惜在鉅鹿澤的時候，為了救高飛，他把馬匹讓給了高飛，從此後，再騎的馬匹就有點劣質了。

此時，他騎著赤兔馬，速度雖然快，但是身後五百騎兵的坐騎並不怎麼快，只得走走停停。

張飛停在路邊，看著座下的赤兔馬，心中想道：「這匹馬速度雖然快，可是俺老張並不怎麼喜歡，感覺和俺不相配，還是黑色的戰馬和俺老張比較配，以後有機會，定然要托人去弄一匹好馬過來，再給大哥找個好馬，三兄弟才能並駕齊驅啊。」

想著想著，張飛便不經意想起了烏雲踏雪，那是他見過的最好的馬匹，一眼便喜歡上了。可是，現在烏雲踏雪在北方，他在南方，不知道何時才能再見。

又等了一會兒，幾名小校才帶著五百騎兵趕了上來。

張飛見部下來了，頓時暴喝道：「你們這些人，怎麼做什麼事情都慢慢吞吞的，是不是想挨鞭子？」

小校回答道：「三將軍，我們已經是最快的速度了，我們騎的馬，哪裡能跟三將軍的相比呢，三將軍那可是赤兔馬，日行千里，我們這些馬遜色許多……」

「哼！別找藉口，俺放慢速度和你們一起走，誰再敢不奮力向前，俺就用皮鞭抽誰！」張飛瞪大了眼睛喝道。

小校們和士兵們都面面相覷，心中膽寒，在張飛一聲令下之後，便飛也似的奔馳了出去，再也不敢偷懶了。

張飛帶著這五百騎兵一直向前奔馳，狂奔出五十里後，忽然前面的道路上閃出一股楚軍，為首一人身披重鎧，頭戴熟銅盔，手中提著一桿長槍，身後擺開千餘步兵，擋住了張飛的去路。

張飛見前有敵人阻擋，眉頭頓時皺了起來，讓部下停下來，官道的左右兩邊同時又湧出兩股兵力，兩員大將當先而出，一人持矛，一人持刀。

「來人的臉那麼黑，一定是劉備的結拜義弟張飛張翼德吧？」擋在正前方的將軍說道。

「呔！你是何人，俺老張的名字也是你隨便喊的嗎？」張飛橫著丈八蛇矛，揚著臉，絲毫沒有害怕的樣子。

那為首持槍之人上前兩步，笑道：「在下杜襲，久仰張將軍大名，特來討教兩招！」

張飛不屑地道：「無名小卒而已，不足以死在我矛下，勸你自刎而死，省得俺親自動手。」

「呵呵，張將軍倒是挺自負的，可是張將軍也不看看現在是什麼形勢，你已經被我大軍包圍，就是插翅也難逃，現在你能做的，就是趕緊投降，如果不願意投降，就請自刎，我至少可以給你留個全屍，若是被我的部下一擁而上的話，只怕你會立刻成為一灘血肉！」杜襲挑釁地說道。

張飛眼光流動，看到左邊高幹、右邊和洽各自帶著不少士兵，加上杜襲正好將自己三面圍定。他雖然莽撞，可是並不是傻子，也知道什麼叫形勢。

他扭頭對身後的幾名小校道：「你們若想活命，就奮力的向後殺出重圍，回去告訴大哥，就說前面有埋伏，切記不要讓他過來。」

小校們齊聲道：「三將軍，那你呢？」

「俺幫你們擋住追兵，你們是俺帶出來的，俺不能讓你們白白的死了。」

小校們聽到之後，心裡都感到一陣暖烘烘的，當下心一橫，齊聲道：「末將願意跟隨三將軍一起殺敵！」

「不行！你們得回去通知俺大哥，千萬不能讓俺大哥……」

「哈哈哈！」一聲爽朗的笑聲響了起來，打斷了張飛的話。

與此同時，一股兵力湧了出來，截斷了張飛等人的歸路，許劭則在眾人的簇擁下，騎著馬走了出來。

「張翼德，你已經被團團圍住了，想逃都逃不掉，我勸你趕緊歸降！」許劭一臉得意地道。

「呸！」張飛虎目怒嗔，「有本事的給俺老張上來！」

此時，五百騎兵和小校們雖然心裡膽寒，但是剛才張飛的那番話，讓他們感動不已，決定和張飛同生共死。於是，五百騎兵頓時高聲喊道：「我等願意和三將軍一起殺敵！」

張飛聽到這句話後，哈哈笑道：「好，好得很！汝等聽令，跟俺老張一起向前衝！殺啊！」

一聲令下，張飛一馬當先，率先飛了出去，丈八蛇矛直指杜襲，他身後的五百騎兵則跟著張飛向前猛衝了出去。

許劭見狀，喊道：「抓活的，張飛乃劉備的義弟，若擒獲了他，劉備必然會不顧一切的出城迎敵，除了張飛以外，其他人全部殺死！」

杜襲、高幹、和洽等人聽了，都開始進攻，高幹、和洽指揮弓弩手放箭，杜襲見張飛來勢洶洶，又聽到張飛那聲巨吼，加上張飛又是員猛將，料自己抵擋不住張飛，便退到了士兵的後面，指揮士兵掩殺。

「哇啊——」弓弩齊發，五百騎兵頓時死傷過半，但是他們都堅守著一個信念，就是跟著張飛向前猛衝。

張飛的坐騎很快，一溜煙的功夫，在官道上揚起一股灰塵，便立刻衝到了敵軍陣裡，丈八蛇矛所向披靡，蛇矛挑死不少人，直接殺出了一條血路。

楚軍的將士因為有命令在身，要活捉張飛，都不敢用力，見張飛如同猛虎一般的衝了過來，頓時陷入一陣恐慌。丈八蛇矛直接挑開一條線，張飛單人單騎殺進了楚軍的陣營裡，只覺得斬殺那些士兵如同砍瓜切菜一般。

杜襲見張飛勇不可擋，頓時大驚，沒想到張飛如此勇猛，心想自己還好沒有直接上去單挑張飛，要不然怎麼死的都不知道。

「嗖！」箭矢不斷，兵器碰撞的聲音也是不斷，一百多騎兵緊跟著張飛的步伐，迅速衝進敵軍陣營裡，很快將張飛挑開的那一條線撕裂的越來越大，直接殺成一條血路。

張飛在前，一百多騎兵在後，衝得楚軍缺口越來越大，士兵不斷的後退。杜襲臉上大驚，急忙指揮士兵道：「頂住，給我頂住！」

許劭見狀，皺起了眉頭，劉先、傅巽在許劭的身邊，看到這一幕，登時說道：「軍師，張飛太過勇猛，杜襲一直避讓，就連士兵也不敢下殺手，再這樣下去，只怕會越來越糟糕。」

許劭點點頭道：「那就全部誅殺，一個不留，用張飛的人頭來引誘劉備。」

命令傳達出去，高幹、和洽立刻帶兵追了過去。杜襲也抖擻精神，策馬退到後面，調來五百弩手，對準張飛便是一陣猛射。

張飛丈八蛇矛飛舞，撥開弩箭無數，加上馬快，很快便衝到弩手群裡，蛇矛向前一撲，殺死了不少人。

他的身後只剩下五十騎兵，也奮不顧身的跟著張飛衝了過去，那五百弩手立刻分成兩半，伏在道路兩旁進行射擊。

就在這時，官道的前後同時殺來兩股兵力，關羽帶著騎兵一馬當先的從許劭背後殺來，田豫、糜芳則帶著部下從杜襲的背後殺來……

第五章

月旦評

在東漢末年有一個社會風氣，就是要進行人物鑑賞，或者叫人物品評，許劭就是一個有名的鑑賞家，他在每個月的初一，會對當時的人物發表一次評論，就像開新聞發表會一樣，因為是每月初一，所以叫月旦評。

關羽、糜芳、田豫帶兵突然殺到，大大出乎許劭的預料，只見兩邊旌旗飄展，人聲鼎沸，官道上、樹林中都捲起了一陣滾滾煙塵，遮天蔽日。

「軍師，現在如何是好？」

劉先第一次打仗，見前後都有敵軍，也猜不出到底來了多少，只覺得漫山遍野都是敵人，登時陷入了慌亂。

許劭也愣在那裡，關羽帶兵前來，一點都不足為奇，讓他驚奇的是，糜芳、田豫竟然從新野方向殺了出來，他想，**難道是他的疑兵之計被看破了？**可是就算被看破，單憑新野城裡的那點兵力，也絕對不可能擊敗城外的五千士兵啊。

「軍師，請早下定奪。」傅巽也急了，看到關羽一點點從後面逼近，著急說道。

許劭道：「傳令全軍迎戰，敵人絕對不可能有那麼多人，這不過是敵人的疑兵之計罷了。」

許劭、劉先、傅巽身後的士兵得令，紛紛面向背後，看到關羽提著青龍偃月刀，帶著一撥騎兵殺了過來，心裡都有點發怵。

「這個人不是關羽嗎？」一個士兵不經意地道。

「關羽？就是斬殺呂布的那個關雲長嗎？」

「啊……真是關羽啊，真的是他，你看那美髯、那面相，不正是美髯刀王嘛！」

「美髯刀王？呂布都被他殺了，我們怎麼可能是對手……」

一連串的士兵議論聲在楚軍的陣營裡此起彼伏。

「某乃河東解良關雲長，不想死的都躲開！」

關羽一馬當先，看到前面士兵擋道，瞇成一條線的丹鳳眼緩緩睜開，從眼裡露出兩道森寒的目光，臉上殺氣盡起，手中提著的青龍偃月刀在陽光下更是寒光閃閃，令人不寒而慄。

「真的是關羽啊……」一些原本還持有懷疑態度的人聽後，不禁身體開始發抖，臉上冷汗直冒。

關羽的喊聲猶如滾雷一般，向前方傳了出去，赫然蓋住半個戰場的嘈雜聲。

許劭頭一次見到關羽，看見關羽氣勢如此逼人，自己也有點膽寒，急忙鼓足勇氣，大聲喊道：「不要怕，再厲害他也始終是一個人，斬殺關羽、張飛者，立刻封為將軍。」

可是，士兵們都已經膽戰心驚了，許劭的聲音像是石沉大海，得不到一點回音。

這時，關羽的身後突然現出一撥整齊的步兵，劉備騎著一匹白馬在前而領頭，滾滾煙塵後面一眼看不到頭，只讓人覺得有源源不斷的士兵湧了出來。

「砰！」關羽帶著五百騎兵趁勢衝進楚軍的方陣裡，青龍偃月刀在寒光中左衝右突，鮮血在青龍偃月刀所過之處不斷向外噴湧，一顆顆人頭脫離了自己的軀幹飛向空中，在還沒有墜落前，關羽便已殺出了一條血路。

「啊……」一聲聲慘叫在關羽的身後響起，五百名騎兵緊隨著關羽，收割著敵軍士兵的頭顱，盔甲只一瞬間便被鮮血染透。

「軍師，關羽驍勇，請速退。」傅巽見後，急忙說道。

許劭點點頭，和劉先、傅巽二人帶著五百多親隨迅速退到官道一旁的樹林裡以避其鋒芒。

楚軍士兵見前線無法阻擋關羽的神勇，每個人都沒有了戰意，一哄而散，讓開道路，關羽一路暢通無阻，奔著前方被重重圍住的張飛而去。

「三弟，我來救你了。」關羽猛拍了下馬的屁股。

劉備帶著馬步軍緊跟著衝了過來，見到前方敵人崩潰，立刻驅兵掩殺，箭矢飛舞，長槍如林，殺向敵軍士兵。

張飛被杜襲、高幹、和洽圍在坎心，身邊的騎兵只剩下二十人，但沒有一個人離開，鮮血都染透了全身，仍然堅持作戰。

杜襲在糜芳、田豫一出現時，便抽兵出來，迎著糜芳和田豫去了，高幹、和洽則負責圍住張飛。

張飛舞著丈八蛇矛，硬是在萬軍中殺出一片空地，士兵見識過他的厲害，都不敢靠近，只用弓弩在遠處進行射擊。

「哇啊——」一通箭矢過後，張飛身邊的二十騎兵沒有一個不中箭的，十九個人落馬，尚有一個小校身上插著數箭，也即將落下馬來。

張飛見狀，立刻策馬來到那個小校身邊，扶住那個小校，咆哮道：「挺住！俺這就帶你出去！」

小校口吐鮮血，伸出手抓住張飛的肩膀，微弱的道：「三將軍，末將……末將無數次投降，只有這次沒有投降，三將軍，末將……末將是個男子漢嗎？」

「是……你們都是……」

張飛環視一圈，見敵軍圍了上來，自己帶著的五百騎兵只剩下這麼一個了，心中不勝傷感。

「三將軍，若有來世，末將還給三將軍當屬官……」話音一落，小校墜馬身亡。

「嗖！」

高幹趁張飛分神之際，立刻下令弓箭手放出箭矢，只見四面八方遮天蔽日的箭矢從空中射向了張飛。

如此密集的箭陣，任誰看了都可以斷定張飛必死。可是，正當高幹的臉上帶著微笑的時候，奇怪的事情發生了。

張飛座下的赤兔馬突然發出一聲悲鳴的長嘶，彷彿這一刻又回到了伊闕關外呂布殞命時的場景，兩隻前蹄高高抬起，伴隨著那聲悲鳴的長嘶聲，只見紅光一閃，赤兔馬便馱著張飛飛奔跑出密集的箭陣。

高幹的笑還在僵持著，看見張飛一臉凶煞的提著丈八蛇矛朝自己衝了過來，他的笑變成了一陣抽搐，急喊道：「擋住他，快擋住他！」

士兵一擁而上，刀槍齊出，可是，他們看見赤兔馬突然騰空而起，直接越過眾人的頭頂。馬背上的張飛用丈八蛇矛撥開了前面射來的箭矢，此時人馬合一，向下俯衝，正好落在高幹的頭頂上。

高幹仰著頭，第一次見到這種奇異的畫面，不禁嘆道：「**這就是赤兔馬的神力嗎？**」

眼看張飛的丈八蛇矛向自己刺來，高幹掉頭便跑，後面兩個士兵卻擋住了去路，他手起一矛接連刺死，殺出一條路。

「轟！」一聲巨響，赤兔馬落地，在地上砸出四個蹄坑，向前滑行一段距離後，才漸漸止住力道。

張飛將丈八蛇矛朝地上一插，借力撐起赤兔馬，見高幹跑了，吼道：「高幹，留下性命！」

話音未落，只見一團火雲在地面上迅速捲起，火雲馱著一座黑色的大山，大山上盤旋著一條巨蟒，追著高幹而去。

「讓開，都讓開！」高幹一邊喊著，一邊隨手殺著擋住去路的士兵。

張飛片刻便趕了上來，手起一矛，直接將高幹身體刺穿，將他從馬背上挑了起來，用力拋向空中，只見張飛手臂在空中抖動，丈八蛇矛只能隱約看見一個影子，然而空中卻不斷有鮮血墜落。

當張飛收起丈八蛇矛時，高幹的屍體頓時支離破碎，整個人竟然在瞬間被肢解了。

眾人皆驚，看到膚色黝黑的張飛變成了血人，和赤兔馬完全融成一體，像一尊神祇一樣矗立在那裡，每個人都不寒而慄。

恰好這時關羽帶兵殺到，騎兵衝進包圍圈，直接撕開一個口子。

關羽見張飛沒事，放下心來，立刻留給張飛四百騎兵繼續廝殺，他則帶著一百騎向前去生擒杜襲。

和洽看到高幹死了，整個人被嚇壞了，急忙退到後軍，用重重的士兵圍住張飛，自己卻不敢近前。

杜襲此時正在和糜芳、田豫指揮的士兵作戰，剛碰上面，便見裴潛、諸葛瑾、韓嵩、伊籍帶兵從兩翼包抄了過來，心中一驚，沒想到裴潛、韓嵩居然投靠了劉備，而且背後高幹被張飛斬殺，關羽氣勢洶洶的衝來，料知敵不過，撥馬便走。

「哪裡走！」田豫見杜襲要走，當先持槍截斷杜襲的歸路，一槍便朝杜襲的要害刺了過去。

「田豫，抓活的。」關羽看了，叫道。

田豫聽到關羽的叫聲，長槍抖動，迎著杜襲便虛晃了一槍。

杜襲心下一凜，立刻舉槍遮擋，哪知長槍舉到面門，卻見田豫俯身在馬背上，長臂一伸，直接撞到他的腰部，他頓時感到腹部一陣疼痛，自己居然被田豫挾在臂彎裡，人也脫離了戰馬。

關羽見田豫和杜襲交馬一個回合便將杜襲給生擒了過來，臉上一陣大喜，急忙勒住坐下戰馬，停住前進的道路，橫刀立馬，大叫道：「杜襲已經被我軍生擒，不想死的速速投降。」

一萬多楚軍將士亂作一團，高幹戰死，杜襲被擒，和洽、許劭、劉先、傅巽都膽寒的退到樹林裡，餘下在道路中被劉備的軍隊前後夾擊的士兵，紛紛投降。

劉備帶兵掩殺了過來，看見和洽等人要跑，對身後的士兵道：「放火！把他們給我都燒出來！」

孫乾聽後，大吃一驚，急忙說道：「主公，這時候去哪裡弄火把？再說，道路兩邊都是樹林，萬一燒著，只怕火勢會蔓延整個樹林，到時候我們逃都逃不出。」

「那怎麼辦？總不能眼睜睜地看著他們逃走吧？」劉備很是著急。

「這片樹林的後面就是淯水，只要將他們逼到河中就可以了。」孫乾想了想道。

「可是，萬一敵軍背水一戰又該當如何？」劉備擔心道。

這時，諸葛瑾、伊籍分別策馬趕了過來，聽到劉備的擔心後，諸葛瑾便道：「主公，此一時彼一時，和洽、許劭、劉先、傅巽等人並非楚霸王項羽，破釜沉舟、背水一戰的姿態，只怕他們也擺不出來。有關將軍、張將軍在，敵軍便能盡皆喪膽。」

劉備道：「迅速出擊，一鼓作氣，不能放過一兵一卒，不投降的就殺！」

此刻，**劉備撕毀了一向仁慈的面孔，在萬軍面前，他的臉上浮現出濃濃的殺氣，生平第一次感到自己作為主公的姿態。**

「諾！」

命令下達後，士兵們迅速湧入樹林，和楚軍進行了叢林作戰，箭矢成了唯一派上用場的武器。

「嗖！」叢林中箭矢你來我往，楚軍將士邊戰邊退，騎兵下馬牽著戰馬走，步兵則護衛者和洽、許劭、劉先、傅巽等人離開，不一會兒便鑽入了樹林深處。

劉備還站在官道邊，看到張飛已經成為一個血人，立刻問道：「三弟，你沒事吧？」

張飛此時後悔不已，見劉備來了，熱淚滾落下來，自責道：「大哥，我的部下……他們……是我害了他們……」

劉備將張飛給抱住，安慰道：「只要你沒事就好。現在我已經將楚軍逼到了清水方向，他們插翅難逃。不過，楚軍要遠比我們精銳，若非有你和二弟在，只怕也無法震懾住這些人。」

張飛當即道：「大哥放心，我一定為死去的部下報仇。」話音一落，張飛翻身上馬，迅即飛馳而出。

另外一邊，田豫將生擒來的杜襲扔到地上，士兵立刻將杜襲給綁了起來。

關羽趕了過來，衝著田豫笑道：「國讓，看來你這幾年沒白練，竟然能夠生擒杜襲，沒有給我這個當師父的丟臉。今天你可是立了一個大功，等平定了這次來犯的敵人，大哥面前，我一定會為你多多美言的。」

田豫拱手道：「為主公出力，我田豫在所不辭，並不求什麼功勞。再說，這也是師父教導有方，不然的話，我也無法將敵軍大將生擒。」

糜芳聽到關羽不斷讚賞田豫，心中頗不是滋味，說道：「這邊事情已了，咱們快去支援主公。」

關羽問：「你們是如何突圍而出的？」

田豫回道：「都是諸葛軍師的妙計，他看出了敵人的疑兵之計，便夜襲敵軍營寨。」

關羽側目看著遠處站在劉備身邊的諸葛瑾，心中不禁想道：「諸葛氏的依附，或許會給大哥帶來契機……」

他將青龍偃月刀橫在驚恐不已的杜襲面前，說道：「關某這把刀殺過不少人，刀下無名小卒不計其數，有名有姓的也多不勝數，就連那天下無雙的呂布也被關某所殺，要殺你，簡直是不在話下。劉表已死，劉琦難當大局，楚國已經四分五裂，荊州之地，有能者居之，我大哥正是順應天命的人，我念你是個將才，饒你一命，不知道你可否願意歸降？」

杜襲皺起眉頭，沒有立刻回答，默默思索著。

「師父，這種人留他何用，不如讓我一槍捅死他！」田豫說著，一槍便刺了過去。

杜襲見長槍刺來，臉上一陣驚詫，身體急向後仰，大叫道：「我投降……我投降……我願意投降……」

田豫的長槍刺到一半位置，聽到杜襲的叫聲，立刻抽了回來，臉上露出一絲狡黠。

「轟！」杜襲一屁股坐在地上，臉上冒出冷汗。

關羽見後，青龍偃月刀一揮，劈開杜襲身上的繩索，寒光一閃之間，杜襲只覺得一陣陰風飄過，感到自己像是在鬼門關裡走了一回。

「杜將軍，如今我大哥正是用人之際，你又是個將才，你若是能夠勸降他們歸順我大哥，等奪取了荊州，你便為一郡太守，總比你在劉琦帳下做個雜牌將軍要好得多吧？」關羽遊說道。

杜襲想想道：「關將軍，我願意去勸降和洽、許劭、劉先、傅巽他們，只是，希望關將軍能放我回去，暫時停止進攻，一個時辰後，我必然會帶領所有將士前來投靠劉將軍。」

「不行！放你回去，等於放虎歸山，萬一你重新調度兵馬進行反擊的話，便是我軍最大的禍害。」糜芳質疑道。

杜襲忙道：「不不不……我是真心實意投降劉將軍的，絕對不會反悔，我杜襲可以對天發誓……」話說到一半，杜襲看見裴潛、韓嵩在側，急忙指著他們兩人說道：「裴潛、韓嵩可以為我擔保。」

裴潛、韓嵩臉上一怔，紛紛擺手推辭，正所謂知人之面不知心，兩個人跟杜襲不熟，怎麼可以擔保？而且，一旦擔保的話，那可是用性命作為代價的，兩人好不容易在新野死裡逃生，怎麼會再次讓自己陷入困境之中呢。

杜襲見裴潛、韓嵩二人不願意擔保，臉上一陣抽搐，他實在想不出還有什麼方法可以讓關羽等人相信他是真心投靠劉備的。

正當杜襲一籌莫展之時，關羽將大刀一橫，策馬閃出一條路來，對杜襲道：「杜將軍，你去吧，我軍既然能夠擒你一次，也能夠擒你第二次，你若是想整兵再戰，關某奉陪到底。不過，下次再相見時，關某的青龍偃月刀不斬下一個將領的頭顱，只怕不會甘休。」

杜襲聽了，忙發誓道：「關將軍請放心，杜襲心中有數，必然不會和關將軍為敵。關將軍神勇威猛，杜襲佩服萬分……」

「好了，少說一句吧，留點力氣回去勸說你的部下歸降吧。」田豫道。

「關將軍，真的要放他走？萬一……」糜芳忿忿說道。

「出了事，關某一力承擔！關某以誠待人，相信杜將軍也絕對不會讓關某失望的。」關羽打斷糜芳的話，接著便給杜襲一匹快馬，讓他騎上繞道而行。

杜襲走後，田豫走到關羽身邊，道：「師父，主公好像派三將軍追擊了。」

關羽皺眉道：「田豫，你速速稟告大哥，讓大哥傳令暫時歇兵，我這就去追三弟。」

田豫「諾」了聲，立刻銜命而去。

關羽對糜芳道：「你留在這裡收拾戰場。」

「駕！」一聲大喝，關羽策馬而出，朝樹林裡追了過去。

他一邊追，一邊在心裡想道：「此次田豫表現不俗，雖然並非深得我和三弟的真傳，可是對付一般武將足矣，而且，田豫的軍職是一刀一槍拼出來的，看來拿下荊州後，田豫便可以成為獨當一面的大將了。」

樹林中，箭矢飛舞，關羽不時聽到赤兔馬發出的嘶鳴，以及士兵的慘叫聲，還有那如同滾雷般的巨吼，他曉得張飛就在前面不遠了。

忽然，一支箭迎面射了過來，關羽的瞳孔登時放大，舉起青龍偃月刀直接將箭矢斬成了兩半，一眼望去，但見遠處的楚軍士兵正在包圍著一團火雲，急忙叫道：「三弟，我來助你！」

楚軍士兵對付一個憤怒中的張飛都顯得很是吃力，突然又來了一個關羽，頓時大驚。

「美髯刀王來了……快逃啊……」

不知道是誰率先喊了一聲，楚軍正在奮力迎戰張飛的士兵隨即一哄而散。

「哪裡逃？」張飛大叫一聲，策馬欲追。

關羽急忙策馬來到張飛的身邊，將青龍偃月刀橫在張飛的面前，阻攔道：「三弟，窮寇莫追！」

張飛瞪著烏溜溜的大眼，驚奇地望著關羽，憤怒地道：「二哥，你這是幹什麼？快讓開，俺要為死去的部下報仇！」

關羽道：「三弟，要報仇也不急在這一時，更何況這些士兵也是受人指使，兩軍交戰，豈有不損傷的？你要是真的想報仇，就把這份憤怒留到去對付遠在襄陽城裡的國相蒯越，是他派人來攻打我們的。」

「蒯越！俺一定要親手宰了他！」張飛仰天大嘯，聲音如雷，直衝雲霄。

「跟我回去，一會兒這些士兵興許就會成為你我的部下了。」關羽道。

張飛對劉備、關羽是很尊重的，雖然心裡不情願，還是點頭答應了。

關羽、張飛讓士兵守在樹林裡，做好防線，便退到樹林外的官道上，去見劉備。此時，田豫正跟劉備說明戰情，劉備當即下令停戰。

諸葛瑾在劉備的身側，聽到田豫的報告後，對劉備道：「主公，或許這些人將成為主公奪取整個荊州的資本，如果這次全部投降的話，對於遠在襄陽的劉琦和蒯越來說，無疑是一個打擊。只要主公將兵向前，兵臨襄陽城下，襄陽城中的有見地的仁人志士必然會相欣悅相投，到時候若要拿下整個荊州，也未必非要動用武力。」

劉備聞言道：「軍師是不是有什麼好主意？」

諸葛瑾笑道：「好主意談不上，**無非是效仿劉表，用人勸說而已**。許劭、劉先、傅巽、和洽、裴潛、韓嵩、杜襲七個人都在荊州許久，每個人都會有一批好友，他們若是全部投降了，主公自然可以用他們做說客，說服其他荊州人士前來歸降。」

劉備道：「這個主意是不錯，可是劉表用此法並未占據整個荊州，弄得荊州各個太守在他一死之後，便立刻進行反噬，如果不能完全將荊州占為己有的話，很難有什麼大的發展。」

「劉景升之所以無法控制整個荊州，是因為他並未削去那些依附他的人的兵權，而是依舊讓他們在舊地帶兵當太守。劉表是前車之鑑，主公自當效仿劉表勸說荊州的方法，然而，在勸說各地歸附後，主公便可以削去那些人的兵權，利用自己的心腹去各地當太守，執掌兵權。如此，荊州可不用受到什麼太大的傷亡便可以平定。」諸葛瑾分析道。

劉備聽後，覺得諸葛瑾分析的很有道理，便點點頭道：「此法可行。」

說話間，關羽、張飛策馬到來，眾人在一起互相寒暄，士兵也開始打掃戰場，掩埋屍體更是不再話下。

清水河畔。

許劭、和洽、劉先、傅巽四人帶著敗軍，神情狼狽地在岸邊休息，眾人都想不通，本來占據上風的，為何形勢會急轉直下，更使他們一敗塗地。

「真是恥辱啊，沒想到第一次出征，居然會敗得如此之慘。」許劭哀嘆道。

和洽接話道：「關羽、張飛乃當世猛將，我今天算是見識到了。我從未領兵打過仗，相信諸位也是頭一次，我軍士兵雖然比劉備的烏合之眾強上百倍，然而我軍缺少真正領兵打仗的將才，杜襲被擒之後，我軍便士氣渙散，高幹也被張飛殺了，裴潛、韓嵩投降，我們還打個什麼鳥門子的仗！」

傅巽道：「可是，我等受了蒯越之托，沒有消滅劉備，反而就這樣敗退回去了，只怕蒯越面前也難以交代啊。」

「荊州風雨飄搖，劉琦雖然有蒯越輔佐，卻不足以震懾全州，不然的話，荊南四郡、江夏也不會不聽號令。劉備乃當世之梟雄，雖然一直游離在各個諸侯之間，可是說句實話，他確實比劉琦強上百倍，反正都姓劉，誰當荊州之主不都是一樣嘛？」劉先洩氣地道。

劉先字始宗，零陵郡人，以博聞強記，明典故而出名，被劉表聘為別駕。他雖然不是漢室宗親，可畢竟也姓劉，對他而言，荊州到底是劉琦做主還是劉備做主，都無關緊要。

和洽附和道：「此話有理。」

許劭嘆了口氣，道：「看來，諸君已經被劉備嚇破膽了。倘使我軍也有關羽、張飛一般的人物，我必然可以將劉、關、張擒殺。」

這時，杜襲單人單騎從一個樹林後面奔馳過來，眾人見到杜襲回來，都是一臉驚訝。

杜襲來到許劭等人的面前，道：「諸位一切安好，實在是可喜可賀。」

許劭冷笑一聲，道：「杜將軍不是被生擒了嗎？看你的樣子，應該是已經歸順劉備了，那麼，你這次前來，是當說客的吧？」

杜襲嘿嘿笑道：「軍師聰慧，我確實是來做說客的。」

和洽、劉先、傅巽聽後，面面相覷，三人的心裡都不禁想道：「連杜襲都肯投降劉備，那我們要是投降的話，自然不會惹起非議……」

許劭道：「杜將軍很坦白，不過，你來了，就不要走了，和洽，把杜襲綁了，帶回襄陽，交給國相發落。」

和洽聽後，臉上一怔，先看了看杜襲，又看了看許劭，不知道如何是好。

「還愣在那裡做什麼？杜襲現在是劉備的人了，就是敵人，對敵人，不能有絲毫的仁慈。」許劭毫不留情地道。

杜襲呵呵笑道：「軍師是不是太過自信了？難道軍師不知道嗎？和洽、劉先、傅巽和我都是故交，雖然平時不怎麼來往，但是我們私底下可是很要好的朋友……」

杜襲一扭頭，笑容驟然消失，衝著周圍的親兵喊道：「把許劭給我綁了。」杜襲為了以防萬一，出征前，特別帶了十名家奴充當他的親兵，此時十名家奴一聽杜襲的話，立刻圍住許劭，將許劭拿下。

許劭面不改色，怒視杜襲，罵道：「你這個吃裡扒外的傢伙，劉荊州生前對你不薄，你居然在他屍骨未寒之時……」

「許子將！我實話告訴你，這叫識時務者為俊傑，劉備的義弟關羽力排眾議放我歸來，可見對我很信任，劉景升在世之時，何曾對我如此信任過？除了蔡瑁、黃祖、張允外，他誰都不信。更何況，劉備現在正是用人之際，他的帳下能夠驅使的人屈指可數，我等要是跟著他，怎麼說也能當個一郡太守，總比在襄陽城裡做個小吏強得多。」杜襲打斷許劭的話。

許劭不再吭聲。

杜襲翻身上馬，將士兵聚攏到身前，朗聲道：「諸位將士！如今我已經投靠新野令劉備，你們若是跟我一起投靠的話，必會受到重用，待拿下整個荊州後，你們也可以做校尉、將軍，有誰不願意投降的，站出來。」

眾人面面相覷，沒有人敢站出來，站出去就等於是送死，誰也不會那麼傻。

杜襲見眾人的臉上還有些疑慮，繼續說道：「關羽、張飛乃當世之猛將，皆有萬人不當之勇，今日一戰，我算是見識到他們的厲害，想必你們心裡也都有數。就連我這個做將軍的都投降了，你們又何必遲疑？」

眾人聞言，紛紛表示願意投降。

杜襲臉上一喜，帶著和洽、劉先、傅巽和萬餘降兵，綁著許劭一起去見劉備。

兩軍相見，劉備等人看到杜襲帶著和洽、劉先、傅巽，綁著許劭前來相見，心裡都是一陣歡喜。

「敗軍之將杜襲，偕同部下和洽、劉先、傅巽，拜見劉將軍。」杜襲等人走到與劉備相隔一段距離的地方，朗聲說道。

「我等拜見劉將軍！」和洽、劉先、傅巽三人同時道。

劉備笑道：「免禮，諸位率部來投，我劉備的喜悅實在無法言表。」

「哼！虛偽！」許劭口中罵道。

劉備心中不喜，但是並未表現出來，見許劭被綁住，便道：「這位是？」

許劭避難荊州，很少結識什麼人，經常是大門不出，二門不邁，劉備自然沒有見過他。

杜襲忙道：「這位正是汝南許子將。」

劉備聽了，故作驚詫之態，急忙上前親自給許劭鬆綁，道：「讓許先生受苦了，備之過也。」

許劭見劉備親自為自己鬆綁，什麼話都沒有說。

劉備親切地道：「久聞先生大名，今日一見，乃是劉備之福，先生若不嫌棄，可願意擔任我軍主簿？」

許劭很清楚這是劉備的刻意拉攏，只是靜靜地待在那裡，沒有回答。

關羽見狀，貼近劉備的身邊，小聲問道：「大哥，許劭是誰？」

劉備道：「我也不知道，南人我接觸的並不是太多，但是此人能當杜襲的軍師，定然有些智謀，而且杜襲等人對他看起來也甚是尊重。」

關羽心想：「大哥可真會做人，沒有聽說過就隨意的拉攏，看來大哥真的是求賢若渴啊。」

杜襲見局面僵持著，便道：「許軍師，劉將軍可是誠心誠意的邀請你啊，你要是拒絕，也太不近人情了，就算劉將軍放你回去，你在蒯越的面前又該如何解釋？兩萬將士只有你一個人回去，蒯越即使不殺你，也會徹頭徹尾的羞辱你一番。」

傅巽亦是勸道：「是啊，子將先生，與其這樣回去，倒不如歸順劉將軍，在劉將軍帳下出力，等平定了荊州，自然少不了你的好處。你向來有識人之能，昔日只見曹操一面，便說他是治世之能臣，亂世之奸雄，今日劉將軍這樣的英雄就擺在你的面前，你何以不認得呢？」

劉備、關羽聽了傅巽的話，這才知道許劭原來就是許子將，許子將點評曹操的事，他們也略有耳聞，今日一見此人，頓時有見到名人之感。

在東漢末年有一個社會風氣，就是要進行人物鑑賞，或者叫人物品評，一個人要出人頭地，進入上流社會，必須有著名的人物鑑賞家給他寫一個評比鑑定，這樣才能得到社會的承認。

許劭就是一個有名的鑑賞家，他在每個月的初一，會對當時的人物發表一次評論，就像開新聞發表會一樣，因為是每月初一，所以叫月旦評。

袁術占領豫州之後，便派人前來聘請他當官，他深知袁術成就不了什麼大事，便婉言拒絕，之後舉家南遷，這才到了荊州的襄陽。

雖然他也知道劉表不是什麼霸主的料，但是他無心出仕，只求過上安穩的生活，就留在了荊州，同時也不再舉行月旦評，過著平淡的生活。

「許先生，我等知道你非常的有氣節，不願意出仕，此次出征，也是被迫而行，你尚有家小，就算你不為你自己著想，也應該為你的兒女著想吧？」和洽勸道。

許劭今年三十八歲，有兒有女，聽了和洽略帶威脅的話後，心中不禁一動。

「許先生，備是誠心誠意的，還希望你能夠答應。」劉備誠懇地道。

許劭環視一圈，見所有人的目光都聚集在自己的身上，便道：「好吧，姑且就這樣吧，我許劭願意給劉將軍做主簿。但是，我有一個條件，如果劉將軍不答應的話，我許子將就算是死，也不會投靠劉將軍的。」

「許先生請說！」

「楚侯劉琦尚且年幼，而且為人也很寬厚，如果劉將軍若奪取荊州，我只求劉將軍在奪取荊州之後，不要殺害劉琦。如果劉將軍答應的話，我願意憑藉三寸不爛之舌，去荊襄走一遭，勸說襄陽、江陵兩城百姓全部投靠劉將軍。」許劭道。

劉備深知一山難容二虎的道理，如果他不殺劉琦，荊州的舊部必然會心存疑慮，可是如果要不答應的話，許劭不降倒沒什麼事，關鍵是能夠迅速拿下襄陽和江陵兩地，就等於有了雄霸荊州的資本。

取捨難下之時，諸葛瑾走了過來，貼近劉備的耳邊，小聲說道：「主公，劉琦軟弱，事情都是蒯越一個人搞出來的，如果不是蒯越的阻止，主公完全可以用另外一種方式來竊取荊州，屬下認為，劉琦殺不殺無所謂，但是蒯越一定要殺，此人不能留。」

劉備聽後，便對許劭道：「好，我答應你。只是，不知道你要如何勸說襄陽、江陵兩地全部歸順於我？」

許劭道：「如今荊州風雨飄搖，劉琦難以主持大局，雖有蒯越輔佐，卻不足以抵擋將軍的攻勢，荊州的士人、將校，都希望能夠得到一個真正帶領他們的雄主，劉將軍正是堪當大任的人，足可以威懾整個荊州。」

說完，許劭又看了眼杜襲等人，笑道：「當然，避難荊州的人也不少，他們也有各自的心思，如果能夠順利的拿下襄陽、江陵，劉將軍再知人善任的話，平定荊南四郡、江夏就不在話下。如此一來，荊州便可再次統一，將成為劉將軍爭霸天下的資本。」

劉備聽後，心中澎湃不已，也不再問許劭用何等方式勸降了，便道：「先生可要什麼幫助嗎？我的兩位義弟雲長和翼德都有萬夫不當之勇……」

「劉將軍的好意我心領了，但是勸降不等同於打仗，若要有人跟我一起前去的話，我只要兩個人！」

「哪兩個人？先生儘管開口，就算是讓劉備親自跟隨先生一同前去，備也在所不辭。」

許劭笑道：「劉將軍去不得，去了就回不來了。我只要這兩個人。」

劉備看許劭用手指著諸葛瑾和田豫，狐疑地道：「先生，這兩個人都還年輕，先生是否再斟酌一番？」

「劉將軍放心，我看人向來很準，有此二人，足以可以勝得上千軍萬馬。」

諸葛瑾對自己非常的自信，但是頭一次聽到名人的點評和稱讚，還是有點受寵若驚。

田豫對許劭點名自己，則是感到很意外，論武力，他比不上關羽、張飛；論才智，他比不上諸葛瑾、伊籍、孫乾，他弱弱地說：「我……我能做什麼？」

許劭笑道：「你能做的很多，要對自己有信心一點。」

劉備道：「諸葛瑾、田豫，你們兩個就跟著許先生一起去襄陽，負責勸說劉琦歸降。」

諸葛瑾、田豫道：「諾！」

第六章

帝王之相

胡熙道：「我在襄陽述職時，曾經和劉備見過一面，此人相貌不俗，有帝王之相，非劉表所能比擬的。」

「劉備有帝王之相？一個賣草鞋的，怎麼可能會有帝王之相？」張羨是士人出身，自然看不起出身貧賤的劉備。

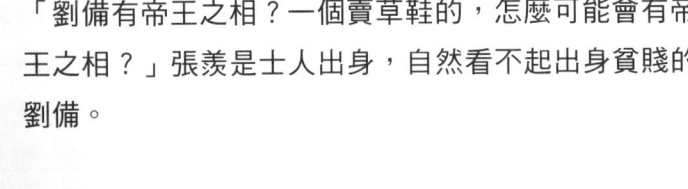

襄陽，楚侯府。

劉琦正在大廳裡練習著書法，筆走龍蛇，字跡娟秀。

「主公……大事不好了！」蒯越從大廳外面邊喊著邊慌張地走了進來。

劉琦見蒯越神色慌張，便問道：「國相，出什麼事了？」

蒯越急忙道：「杜襲率領的兩萬軍馬在南陽大敗，最後杜襲等人全部率軍投降了劉備。」

劉琦聽到後，握著的毛筆突然停了下來，猛地抬起頭道：**「劉備得到杜襲等人的兵馬，猶如龍入深淵，只怕不可限量了。」**

蒯越聽到劉琦如此消極的話，便道：「主公，當務之急，應該再發兵攻打南陽，屬下願意親自領兵！」

劉琦放下了毛筆，搖搖頭道：「劉備久經沙場，帳下有關羽、張飛這等猛將，如今又得到杜襲等人的兵馬，只怕再對付就難上加難了。我軍缺少將領，沒有好的將領，就無法平滅劉備，正所謂千軍易得，一將難求，**放眼整個襄陽、江陵，又有誰可以去擋住劉備？**」

蒯越急道：「主公，不可消極啊，我再舉兩人，或許能夠隨我一同前去擋住劉備。這兩人乃南郡枝江人，是兄弟，年輕氣盛，一直未受到重用，兄霍篤，弟霍峻，皆有膽識和勇略……」

劉琦聽了道：「好吧，就再發兵去攻打南陽，這次要傾全力，由你親自帶兵，霍篤、霍峻為副將，前去抵擋住劉備的攻勢，且不可讓他們進入襄陽地界。」

蒯越道：「襄陽尚有三萬人馬，若是全部帶走，那主公的安危……」

「嗯，那你就帶兩萬八千人去，留下兩千人守城，水陸齊進。」劉琦道。

「諾！」

商議完，蒯越一面發書向南郡，調遣霍篤、霍峻前來，一方面調集兩萬水軍、八千馬步軍，陳兵在襄陽邊境，只待霍篤、霍峻到來，便一起發兵攻打。

除此之外，蒯越還親自將杜襲、許劭的家眷全部打入死牢，等到擊破了劉備再問斬。和洽、韓嵩、裴潛、劉先、傅巽的家眷都不在襄陽，倖免於難。

與此同時，許劭帶著諸葛瑾、田豫已經抵達了襄陽，在杜襲兵敗的消息傳到襄陽時，他們也隨之進入城中，聽完蒯越的做法之後，許劭不動聲色，帶著諸葛瑾、田豫直奔楚侯府。

劉琦在楚侯府中坐立不安，心想劉備太過無敵，自己根本不是對手。

「侯爺，許劭求見！」

「誰？你剛才說誰？」劉琦驚道。

「許劭，汝南許子將。」

劉琦道：「他不是投降劉備了嗎？與他同來的還有誰？」

「兩個年輕的後生，不知其名。」

「吩咐五十名校刀手埋伏在大廳裡，將他們三個人全部請到大廳裡，讓校刀手隨時聽候我的命令。」劉琦感到了一絲不尋常。

許劭帶著諸葛瑾、田豫一起進入楚侯府，被看門人帶到了大廳。還沒有進入大廳，機警的田豫便隱約感到有許多雙眼睛在遠處默默的注視著他們。

田豫向前快走兩步，伏在許劭的耳邊說道：「大廳裡有埋伏。」

許劭不動聲色，鎮定地道：「少安勿躁。」

諸葛瑾也察覺出氣氛詭異，又看到田豫和許劭在小聲耳語，心中便有了答案，想道：「或許，許子將之所以讓田豫跟來，就是看中了田豫的機警吧？許劭不愧是主持過許多次月旦評的人，竟然和田豫初次見面便能察覺出田豫過人的本事，此等眼力非我所能比擬。」

三個人進了大廳，坐在大廳裡地等待著劉琦的出現。

大廳裡的氣氛顯得異常緊張，田豫神經繃得很緊，他這次跟隨許劭前來，主要的任務就是保護許劭和諸葛瑾，如果敵人一擁而上的話，他也不知道自己能否保得住他們。

許劭看到田豫面色緊張，伸出手，拍了拍田豫，安撫道：「不要緊張，一切都在我的預料當中，只需保持平常心即可。」

田豫點點頭，道：「我知道了。」

田豫看許劭和諸葛瑾都若無其事的樣子，做了個深呼吸，慢慢冷靜下來。

時間一分一秒的過去，劉琦遲遲不肯露面，大廳裡靜謐異常，伏在大廳周圍的校刀手每個人都屏氣凝神，握著刀柄的手心裡都是汗水，有的連額頭上也掛著汗珠。

大廳後面的夾牆裡，劉琦一直藏身在裡面，他透過縫隙觀望大廳裡的情況，看到許劭、諸葛瑾、田豫若無其事的靜坐在那裡，不禁想道。

「這三個人的臉上看不到一絲的殺氣，應該不是來殺我的，可是三人如此鎮定，讓我很好奇他們是真的沒有覺察到大廳裡有埋伏，還是因為他們根本不屑一顧？」

想不通為什麼，劉琦也不再躲藏了，徑直走出夾牆。

「讓三位久等了。」劉琦在護衛的陪同下來到大廳，朗聲道。

「許劭見過楚侯。」許劭率先站起，行禮拜道。

諸葛瑾、田豫也站起來拜見劉琦，心中都在想：「沒想到楚侯如此年輕俊美……」

許劭、諸葛瑾、田豫坐定後，劉琦道：「許先生不是已經歸順劉備了嗎？諸葛先生和這位田將軍也是劉備軍的軍師和大將，我不清楚為什麼三位突然造訪我？要知道，我和劉備現在可是敵對關係，我隨時可以殺掉你們。」

許劭道：「若以我一人之命換取荊襄百萬黎民的安居樂業，我覺得我許劭死得其所。侯爺並非是喜歡殺戮的人，更不會做出什麼慘絕人寰的事來，所以我才敢來這裡。」

劉琦問：「許先生此來何為？」

「為侯爺的性命和荊襄百萬黎民的安全而著想，我是來勸降的。」許劭開門見山道。

劉琦臉上一怔，沒想道許劭說話如此直白。冷笑一聲道：「劉備何德何能，居然僅憑一兩萬兵馬便要來勸降我？」

「我知道這聽起來有點荒唐，但是還請楚侯聽我一言，待我說完，甘願接受楚侯發落。」許劭道。

劉琦抬起手道：「請講。」

許劭道：「正所謂千軍易得，一將難求，如今荊州已進入四分五裂的狀態，侯爺雖然繼承了侯位，卻不足以威懾全州，原因就在於侯爺帳下沒有什麼可以領兵打仗的將軍，即使有，也不過是臨時選拔的，此類人和士兵不熟悉，不能偕同作戰，一打仗的時候，就容易陷入混亂……」

「都說許子將大門不出二門不邁，可是卻對世事知曉的如此清楚，實在令人匪夷所思……」劉琦聽到許劭的話，不禁暗想道。

「如今，荊州士人紛紛盼望一個雄主，劉備征戰沙場多年，所經歷的磨難很多，一直悶悶不樂，帳下雖有良將、謀士，卻不足以在亂世中占據一座城池，豈不讓人悲哀？好在他來到了荊州，如今荊州正是分裂之時，**試問楚侯，你可有劉備的武略嗎？**」許劭問。

劉琦搖搖頭，說道：「我不如劉備。」

「那麼，**敢問楚侯，指揮兵馬，上陣殺敵，比之劉備又如何？**」許劭又問道。

「我亦不如劉備。」劉琦無奈地說道。

許劭道：「**調兵遣將，任用賢良，治理地方，楚侯可比劉備強上幾倍嗎？**」

劉琦嘆了口氣，說道：「我更不如他了。」

許劭道：「如果要平定荊州，問鼎天下，必須要文武齊備。劉備文韜武略，膽識過人，更能忍常人所不能忍，此等人，乃是當世之梟雄，雖然劉備現在兵少，但是侯爺如果執意要跟劉備開戰的話，只怕劉備的兵馬會越來越多。侯爺別說平定荊南四郡和江夏了，只怕用不了多久就會被劉備所滅。荊州，並非侯爺之荊州，乃是百萬黎民之荊州，**民心所向者，劉備也。侯爺何不順應民心，順應天理，打開城門，迎接劉備進入襄陽城主持州事呢？**」

劉琦聽完，覺得自己很沒用，除了舞文弄墨之外，幾乎沒有半點用，可是要他拱手讓給劉備，他也不甘心，但是開打的話，他肯定打不過劉備，他手下有兵無將，自己又不會帶兵，該怎麼打？

諸葛瑾見劉琦動容，拱手說道：

「楚侯儘管放心，我家主公和楚侯是叔侄關係，也就算是一家人，一家人不說兩家話，荊州乃楚侯之父畢生之心血，如果斷送在楚侯的手中，我想楚侯也心有不甘。然而，形勢逼人，不能不行非常手段。如今燕侯高飛在河北稱王，魏侯曹操會同吳侯孫堅正在攻打宋國的袁術。在西北，涼侯馬騰也沒閒著，一方面籠絡羌人、鮮卑人、氐人，一方面控制朝廷，自高飛稱王之後，馬騰意識到了危機，公開發布檄文，聲討高飛，然而，卻沒有回應者，一怒之下，馬騰採取了遠交近攻的策略，蠱惑遠在益州的劉璋出兵，會同他一起進攻漢中，並且將漢中拿下。楚侯可曾聽說？」

「自然聽說了，天下諸侯就剩下這麼幾家，沿著漢水逆流而上，便是漢中，荊州四通八達，消息傳遞也非常之快，如果我連馬騰占領漢中的消息都不知道的話，那我這個楚侯豈不是白當了嗎？」

諸葛瑾道：「嗯，既然楚侯知道，那麼楚侯就應該清楚，馬騰現在傾全力而進，力圖攻取蜀地，占為己有。如今天下已經混亂不堪，除了河北、交州尚且處於一片和平狀態，其餘都爆發著戰爭。不過，與其他諸侯不同的是，楚侯的戰爭在荊州內部進行，其餘諸侯則在是對外擴張，如果楚侯不能趁各諸侯無暇光顧荊州之時平定整個荊州，只怕會給荊州帶來大麻煩。」

「這個我自然知道，可是……唉。」劉琦有苦說不出。

「我明白楚侯的感受，所以我特別跟隨許先生一起前來，向楚侯進獻一條妙計，可在月餘內便占領荊州全境。」諸葛瑾道。

劉琦狐疑道：「**我和劉備是敵對關係，你竟然要給我獻策，是何居心？**」

諸葛瑾笑道：「楚侯，我剛才說了，楚侯和我家主公是一家人，一家人為什麼要對付一家人呢？如果主公同意和我家主公合作的話，平定整個荊州，就指日可待。」

「合作？如何的合作法？」劉琦來了興趣。

諸葛瑾笑道：「楚侯有兵，我家主公有將，加上兩家本來就是叔侄，若非蒯越從中挑撥，我家主公感到了一絲危機，也不會那麼草率的攻占南陽，這一切的一切都是蒯越在暗中搞鬼，如果楚侯願意合作的話，就請交出楚侯名義下面的所有兵權，給予我家主公，由我家主公親自指揮，先平荊南四郡，再定江夏，統一荊州就輕而易舉了。」

劉琦意外地道：「我原先就是這個意思，只是被蒯越否決了，沒想到劉備也是這樣想。」

「嘿嘿，楚侯，我家主公的意思和這個差不多，但是也有不同之處。」諸葛瑾笑道。

「什麼不同之處？」劉琦問道。

「不同之處就在於，**一旦我家主公帶兵打下了整個荊州，楚侯依舊還是楚侯，但是我家主公則可稱為楚王，名位、身分都必須在楚侯之上。**」諸葛瑾道。

劉琦聽了，當即說道：「諸葛先生，你不是在開玩笑吧？我會笨到自己給劉備做嫁衣？借兵給他平定荊州，到頭來，他稱王，還要在我之上，那麼整個荊州，不就是歸他所有了嗎？那我算什麼？這樣做和投降有什麼區別？我還不至於傻到這個地步吧？」

「不！這樣做，只會彰顯楚侯的聰明，要知道，如果楚侯不這樣做而一意孤行，和我家主公開戰的話，只怕連性命都沒有了，何來的楚侯呢？」諸葛瑾反駁道。

「你威脅我？」劉琦看著諸葛瑾，眼神裡多了一絲殺機。

「這不是威脅，而是警告，警告楚侯不要做任何傻事，否則的話，楚侯自己釀成的惡果，只有楚侯自己去償。」諸葛瑾依然談笑風生，面不改色地說道。

「你就不怕我把你們都殺了？」劉琦已經做好隨時叫人的準備，冷笑一聲道。

諸葛瑾老神在在地道：「呵呵，如果怕的話，我們就不會來了。楚侯就算殺了我們，也於事無補，如今我家主公的大軍正在城外隱蔽埋伏，一旦沒有等到我們回去，就會立刻展開攻擊。襄陽城的百姓有許久沒有經歷過戰亂了，戰火一旦被點燃，只怕會生靈塗炭，到時候劉景升所一手建立的基業，將會在戰火中毀於一旦。這些，難道是楚侯願意看到的嗎？」

劉琦聽後，背脊上冷汗直流，沒想到劉備的行動會如此迅速。他懷疑過，可是看到諸葛瑾、許劭、田豫都鎮定自若，不畏生死的樣子，他也就將信將疑了。

「民不畏死，奈何以死懼之？」許劭站了起來，道。

劉琦知道這是《老子》裡的話，意思是人民都不害怕死亡了，你拿死亡來威脅，又怎麼能使人民感到恐懼呢。

「唉！你們且回去，容我思量思量，一日後，是戰是降，我自然會派人通知劉備。」劉琦站了起來，轉身離去，同時說道：「送他們出城，任何人不得阻攔。」

話音一落，劉琦便消失在大廳裡。

隨後，五十名校刀手也悄悄地退出了大廳，看門人則將諸葛瑾、許劭、田豫送出了襄陽城。

出了城，諸葛瑾、許劭、田豫三人並肩行走在城外的路上。

田豫長出了一口氣，道：「剛才真是好險。」

「不，是有驚無險。許先生，以你看，劉琦會同意投降嗎？」諸葛瑾問。

許劭道：「會的，劉琦宅心仁厚，並非喜愛殺戮的人，更不會願意看到自己的百姓被隨意殺戮。他雖然和劉表長得很像，但是個性並不相同，從他的言談舉止以及剛才的問話來看，他已經有了打算，只是事情太過突然，需要給他一個思考的時間。」

「軍師，許先生，剛才出城時，我留意到全城兵馬在秘密的調動，城外的水軍也在整理物資，看來這次蒯越是準備大動干戈了，我們必須要把這件事稟告給主公才行。」田豫將觀察到的細節說了出來。

「呵呵，國讓，你的長處就在於十分的機警，任何蛛絲馬跡到了你這裡就會得到答案，這就是我選擇你跟我一起前來的原因。」許劭讚道。

「或許是我之前跟隨主公擔任過一段時間的斥候的關係吧。許先生，你的家人都被關在牢裡，要不要想辦法將他們救出來？」田豫問。

「不必了，劉琦暫時不會殺他們，劉琦投降時，自然是他們出獄之時。我們趕緊離開這裡，一旦蒯越發現了我們，後果不堪設想。」許劭道。

田豫像是察覺到什麼，撫額嘆道：「太晚了，我們已經被包圍了。」

話音剛落，四面八方湧現出一批騎兵，將諸葛瑾、許劭、田豫給包圍了起來。

「哈哈哈哈！」

爽朗的笑聲響起，蒯越騎著一匹高頭大馬出現在眾人面前，指著許劭道：「許子將，真是踏破鐵鞋無覓處，得來全不費工夫，我還算計著怎麼去找你，沒想道你居然自己跑來送死。我不管你是怎麼對主公說的，只要有我在，你休想矇騙主公的心智。來人啊，給我……」

「主公有令，任何人不得阻攔許劭等人，違令者，斬！」一個劉琦身邊的親信，手持劉琦隨身佩戴的美玉及時阻止道。

蒯越聽了，仍執意道：「將在外，軍令有所不受。來人啊，把許劭等一干人等全部拿下，就地斬殺！」

「大膽，主公的話你都不聽？」

「等我殺了這三個人，主公面前，我自會去謝罪。」蒯越堅持己見，並舉起手示意周圍的騎兵去斬殺許劭等人。

就在這千鈞一髮之際，田豫身形晃動，直接擋在諸葛瑾和許劭的前面，雙手從背後同時抽出兩把匕首，迅疾地朝蒯越投擲出去，分別刺向蒯越的要害。

蒯越毫無防備，見兩把匕首向自己飛了過來，立刻將側身躲過其中一把匕首，另外一把則是躲避不及，硬生生的插進他的腹部，他的長袍頓時被鮮血染紅一片。

蒯越用盡全身的力氣，大聲喊道：「殺了他們……殺了他們……」身體從馬背上跌落下來，重重地摔在地上。

「主公有令，任何人不得傷害許劭等人，違令者，殺無赦！」劉琦派來的親信大聲地重申一遍。

所有人都不敢妄動，驚慌失措。

「你等速速離去，並且轉告劉備，明日午時，我家主公會在襄陽城下等候，到時候進行政權交接。」

許劭三人心中都是一喜。

隨後，劉琦的親信又讓騎兵給三人各一匹馬，目送他們離開後，這才下令將受傷昏迷的蒯越抬回城裡。

金秋十月，荊襄一帶並未顯出北方的那種蕭條感，天氣還有點炎熱。

正午時分，劉備親率大軍到達襄陽城下，望著他曾多次進出的巍峨的襄陽城，心裡不禁感慨萬分。

「黃巾之亂以來，我劉備顛沛流離，直到今時今日，方有一塊立足之地，之前所受到的苦難，今後我要加倍討回來，**高飛、曹操，你們兩個都給我等著，我劉備，將帶領荊州的士卒去和你們爭奪天下，讓你們知道，我劉氏子孫並沒有到衰亡的地步。**」劉備心裡暗暗想道。

襄陽城外，劉琦帶著文武百官，手捧降書，見劉備來了，便前去恭迎。

「侄兒劉琦見過叔父。」劉琦不再以楚侯自居，而是以叔侄相稱。

劉備下馬，親自扶著劉琦，道：「如果不是蒯越從中作梗，相信這半個月來，荊南四郡應該已經平定了，以後切莫再聽小人讒言，差點害得我們叔侄不能相見。」

「侄兒明白，叔父，這是侄兒治下整個荊州的百姓戶冊，以及錢糧、器械、兵馬，如今侄兒都交給叔父，還望叔父不要推辭。」劉琦誠心說道。

劉備道：「哎呀，你這樣做，讓我如何是好啊。」

「侄兒年幼無知，冒犯了叔父虎威，還請叔父不要放在心上。侄兒志大才疏，不及叔父文韜武略，荊州乃我父半生基業，萬萬不能落入外人之手。侄兒與叔父雖非嫡親，卻同出一脈，同為漢室後裔，侄兒甘願將荊州牧、楚侯、鎮南將軍讓予叔父，還請叔父看在荊州百萬黎民的份上不要推辭。」劉琦道。

「還請劉將軍不要推辭，此乃荊州百萬黎民之眾望所歸。」劉琦身後的文武官員異口同聲地說道。

劉備不再推辭，當即接過劉琦手裡的降表，交給身後的諸葛瑾，自己拉著劉琦的手，朝襄陽城中走去，一邊走一邊說道：「從今以後，我必然將你看作我的親生骨肉，我們父子共同努力，定然能夠使得荊州興盛。」

劉備一進入襄陽城中，就立刻下令搜捕蒯越，並且放出了被關押的杜襲、許劭的家人，讓諸葛瑾、伊籍、孫乾、簡雍、糜竺等人接管整個襄陽城，關羽、張飛統帥全軍，只短短的一個時辰內，便完成了權力交接。

「主公，蒯越的家人都在，可是蒯越卻不知去向，有士兵看見蒯越朝江陵方向去了。」糜芳向劉備報告道。

「主公，江陵城和襄陽城同屬南郡，江陵本是南郡的郡城，劉表執掌荊州後，將郡城遷到了襄陽，江陵依然是錢糧廣集的地方，如今江陵尚有三萬兵馬，蒯越去那裡，怕是想蠱惑那裡的兵馬準備抵抗主公。」韓嵩分析道。

劉備聽後，皺起了眉頭，問道：「剛剛奪下襄陽，若不趁勢占領江陵的話，整個南郡就得不到穩定，二弟，占取江陵的重任就交給你了。」

關羽道：「大哥放心，有關某在，一定拿下江陵。」

「且慢！要取江陵，未必非要出兵不可，以我看，不如就留在襄陽，三日之後，必然會有人將蒯越的人頭送來。」許劭阻止道。

此話一出，在場的人無不驚訝，都將目光集中在許劭的身上，問道：「此話怎講？」

許劭嘿嘿笑了笑，說道：「江陵雖然有兵，卻沒有大將，一直以來，江陵都是由張允鎮守，張允一死，他們就如同一盤散沙，沒有人指揮。不過，江陵城裡有兩員小將，一個叫霍篤，一個叫霍峻，此二人是親兄弟，雖然年輕，卻很果敢，有膽略，相信蒯越必然是去找他們去了。」

「那就更要發兵了，萬一讓蒯越找到了那兩兄弟，統帥了江陵城裡的兵馬，那不是要反過來攻打我們了嗎？我有赤兔馬，日行千里，此去江陵並不算太遠，現在追趕的話，或許能夠追上蒯越，將其擊殺。」關羽道。

許劭搖搖頭道：「關將軍不必追，霍氏兄弟會親自將蒯越的人頭送到襄陽來，江陵也不必去攻打，他們自然會投降的，如果發兵攻打江陵，只怕會適得其反。」

眾人見許劭很有自信，也就抱著姑且信之的態度，不再說什麼了。

劉備擺擺手道：「那就照許先生的意見，大家都散了吧，如今剛剛接收襄陽，還有許多事等著你們去做呢。二弟，你留下，我有話說。」

「諾！」

眾人皆散，關羽獨自一人留下。

「二弟，南陽郡乃是荊州的屏障，四通八達之地，北接司隸，西北可通向漢中、關中兩地，東部又和豫州比鄰，是個極其重要的位置。我想請你率部駐紮在南陽郡，出任南陽太守一職，一切事情，你可自行做主。」劉備拉著關羽的手說道。

關羽點點頭道：「大哥放心，有關某在，保證誰也不敢小覷荊州，誰要是敢打荊州的主意，先問過某手中的青龍偃月刀再說。」

「嗯，這我就放心了。讓和洽、傅巽兩人，與你同去，他們兩個人一個對豫州熟悉，一個對西北熟悉，對你或許有諸多幫助。」

「諾！」

劉備交代完畢，關羽便走了，隨後劉備又親自去拜訪襄陽城裡的各級文武，以彰顯他對這些人的重視。他這招禮賢下士，贏得了文人們的歡迎，比起劉表之前的高高在上，讓人覺得劉備更容易貼近。

第二天早上，天剛放亮，從襄陽城外來了兩匹快馬，馬背上的兩名騎士相貌相像，都很年輕，其中一人的手裡還提著一個血淋淋的包裹。

這兩人策馬來到襄陽城下，衝著城樓上喊道：「在下江陵守將霍篤，攜帶蒯越人頭，特來向劉將軍請罪，請打開城門，放我進去。」

守在南門的守將是田豫，一聽到城下的人自報是霍篤，立刻命人打開城門，帶著二十騎兵來到霍篤的面前。

田豫打量了一番霍篤，又看了眼和霍篤並排騎在馬上的人，見霍篤不過十七八歲，霍篤身邊那個更年輕，最多十五歲。不過，兩個人的臉上都露著一股剛毅之色，看上去有點不怒而威。

霍篤見田豫一直在打量他們，當即翻身下馬，同時將手中包著的人頭扔在地上，向田豫拜道：「在下霍篤，這是我的弟弟霍峻，我二人今日特來歸降劉將軍，還望劉將軍接納。」

田豫當即將霍篤、霍峻給扶了起來，笑道：「我叫田豫，並非是劉將軍，劉將軍正在城中，兩位請隨我來。」

霍篤、霍峻見田豫沒有翻看人頭，不禁問道：「將軍不用看看這人頭是否是蒯越的嗎，也不怕我們是詐降？」

「一切自有定數，你們的到來，早有人算定了，我看不看沒有什麼不同，請兩位跟我來吧。」田豫轉身離開。

霍篤、霍峻二人都是一臉的驚詫，心想是誰那麼厲害，居然連他們的來意都知道了。

田豫將霍篤、霍峻帶到太守府，面見劉備。

劉備占領襄陽後，還讓劉琦繼續在楚侯府裡居住，自己則住進了太守府。

「這兩位是？」劉備見來了兩個年輕的後生，問道。

田豫道：「這兩人正是霍篤和霍峻，他們提著蒯越的人頭來歸降。」

霍篤、霍峻立即跪在地上，向劉備拜道：「我們兄弟久聞將軍大名，今日能得到一見，實是三生有幸，我們兄弟已經將蒯越斬殺，特用他的人頭做見面禮，還望將軍能夠收留我們。」

劉備正缺少人才，只要有人來投靠，不管什麼樣的都要，他看面前的這兩個人氣質不俗，日後如果加以培養，或許能夠成為出色的戰將，便走到霍篤、霍峻的面前，親手將兩人給扶了起來，笑道：

「從今天起，你二人便跟在田豫的身邊擔任校尉，聽候他的差遣。」

霍篤、霍峻拜道：「多謝主公收留，我等必將竭盡全力，輔佐主公。」

又過了一天，劉備休整完畢後，帶著三千騎兵以及張飛、諸葛瑾等人向南郡而去，留下孫乾、伊籍、簡雍、糜竺、糜芳等人守城。

到達江陵後，霍篤、霍峻率先進城，勸說城中官員投降劉備，於是，劉備不費吹灰之力便拿下了江陵城，又得到兵馬三萬，錢糧無數。

長沙，太守府。

「什麼？劉備竟然在短短的三日之內，不費一兵一卒便奪得了襄陽、江陵兩地？」長沙太守張羨聽到斥候從荊州北部帶回來的消息，吃驚地道。

張羨是南陽人，最初歷任零陵、桂陽兩郡的太守，由於政績出色，在江、湘一帶很受人愛戴。

不過，他的個性是屬於那種倔強不肯服輸的，他多次向劉表建議出兵攻打武陵郡附近的蠻人，卻遭到劉表一次又一次的拒絕。

有鑒於蠻人肆虐武陵，時常侵擾，張羨便自行招募了一支軍隊，會合零陵太守、桂陽太守一同出擊武陵，將武陵一帶的蠻人暫時擊退，讓武陵得到了些許安寧。

劉表畏懼張羨在荊南一帶很是得民心，便主動將張羨調到襄陽來，張羨不同意，從此以後，便和劉表結下了梁子。所以，他一聽說劉表死在司隸洛陽的廢墟上，便立刻聯合零陵、桂陽、武陵三郡的太守，一起公開反對繼任的劉琦，自成荊南一派。

「父親，斥候說劉備於半月前先攻下了南陽郡，收服許多降兵，然後又將兵南下，劉琦見敵不過劉備，因而主動投降，之後劉備又占領江陵。如今，整個南郡只怕都在他的手裡了。」張羨的兒子張懌緩緩說道。

「荊州一共只有七郡，分別是南陽、南郡、江夏、長沙、零陵、武陵、桂陽，最為富庶的莫過於南郡，其次便是南陽和江夏，長沙、零陵、武陵、桂陽四郡的地盤雖然不小，但是相比起南郡和南陽來，無論是人口還是田地上，都無法和其比擬，如今劉備竟然占領了這兩個要地，看來他將會成為第二個劉表。懌兒，你去請武陵太守胡熙前來商議對策，劉備不是劉表，他必然會率軍南下，我要想辦法阻止他才行。」張羨道。

張懌點點頭道：「父親，我這就去請胡太守來商議對策。」

不多時，張懌便帶著一個人走了進來，向張羨拜道：「父親，胡太守來了。」

那人眉清目秀，一縷長髮自然地垂在背後，年紀不過才二十五六歲的樣子。他走進大廳，抱拳朝張羨說道：「張太守，你叫我來，有什麼事嗎？」

張羨道：「你知不知道那個什麼新野令劉備，居然已經占據了荊襄之地，虎吞南陽、南郡，這才不過才二十天的時間，他竟然有如此大的動作，我擔心他會南下，特來請你商議一下。」

那人道：「張太守以為劉備如何？」

「不清楚，這個人聽說是個賣草鞋的，這樣的人怎麼可以掌管荊州呢？他怎麼會知道百姓的疾苦呢？」張羨強烈質疑道。

那人笑道：「張太守，我看未必吧。若只是一個賣草鞋的，肯定不可能在不到一個月的時間裡便占領了南陽、南郡兩地五十四城。」

「胡太守，你知道劉備？」張羨問。

那人姓胡名熙，乃是武陵太守，年紀雖然輕，卻有真才實學。

兩年前，張羨會同桂陽、零陵兩郡太守攻打武陵蠻人時，武陵太守戰死，劉表便派人去武陵做太守。可是，被委任的人都推脫不去，畢竟武陵接近蠻人，誰也不敢保證蠻人是否還敢再犯，認為去那裡就是送死，何況附近還有一個對劉表意見很大的張羨。

正當劉表犯難之際，避亂荊州，暫時作為劉表門客的胡熙便毛遂自薦，主動請纓，這才到了武陵郡。

胡熙一到任，便立刻和武陵城約法三章，並且向劉表為民請命，請求減免武陵城裡的賦稅，還讓人開墾荒地，招納流民，這才漸漸使得武陵城恢復了往日的生機。

為了不讓蠻人再次入侵，他親自招募了一支軍隊，在武陵附近的山林裡進行訓練，短短三個月下來，軍隊略有小成，恰逢蠻人再次入侵，他便指揮軍隊伏擊蠻人，給予蠻人重創，讓蠻人從此不敢再犯境。

另一方面，他為人處事公道，老少都結交成朋友，是以很受百姓愛戴。他也主動和張羨聯繫，經過一段時間的交往，兩人成了忘年之交。

劉表死後，張羨便邀桂陽、零陵、武陵三地一起反抗劉琦，想自成一派，胡熙勸解不了，也覺得劉琦不是成大事的人，便暫時同意下來，將四郡兵馬彙集在長沙的益陽、羅縣兩地，一方面防範荊北的兵馬，一方面也為出征荊州北部做了鋪墊。

所以，胡熙和張羨才會出現在一個地方，不管是他們兩個，就連零陵、桂陽兩地的太守也都在長沙。

張羨為主將，以胡熙為軍師，召集了差不多七萬人，可見胡熙在荊南四郡中的地位。

胡熙聽完張羨的話，點點頭道：「我在襄陽述職時，曾經和劉備見過一面，此人相貌不俗，身上有帝王之相，非劉表所能比擬的。」

「你說什麼？**劉備有帝王之相？一個賣草鞋的，怎麼可能會有帝王之相？**」張羨是士人出身，自然看不起出身貧賤的劉備。

胡熙道：「漢高祖當年也不只是個泗水的亭長嗎？可是後來卻打敗出身高貴

的項羽，當上了天子，出身的好壞並不算什麼。劉備帳下有關羽、張飛兩個結拜的兄弟，此二人都是萬夫不當之勇，平心而論，我軍人數雖然眾多，可是卻沒有什麼可以抵擋關羽、張飛的大將……」

「誰說沒有，我便是一個，我要用我手中的長槍，抵擋住劉備進攻的步伐。」張懌聽後，不服氣地道。

胡熙看了張懌一眼，問道：「敢問公子，你的武藝比起蔡瑁、張允、王威如何？」

「未曾比試過，我怎麼知道。」

「嘿嘿，蔡瑁、張允也未必能在關羽、張飛手下走上三個回合。」

張懌聽後，臉上一陣驚詫，他知道蔡瑁武藝不俗，但是說蔡瑁在關羽手下還走不上三個回合，那他自然能夠推算出關羽是什麼等級的人物。

張羨道：「看來胡太守是有心想投靠劉備了？」

胡熙毫不掩飾的點了點頭，道：「張太守厭煩的只是劉表一族而已，如今劉備來荊州，就等於換了人，此人有爭霸天下的雄心，不似劉表是自守之徒，如果讓劉備完全占據荊州這塊寶地，一定會使得荊州比以前更加的強盛。何況，劉備禮賢下士，也愛惜百姓，和張太守的想法都差不多，如果你們兩個在一起的話，必然能夠合作無間。」

「你想讓我也投降劉備？」

胡熙道：「張太守一向愛民如子，可一旦和劉備的戰爭爆發，受到傷害的還是百姓。荊州已經有許久一段時間沒有打過仗了，就算打，也是在荊州外部。我雖然不是荊州人，但是作為客居荊州的人來說，誰都希望看到荊州強大起來。如果太守大人這個時候投降的話，或許會受到劉備重用，如果不投降的話，只怕會禍害到整個荊南四郡的百姓，孰輕孰重，還請太守三思。」

張羨算是明白了，**他本來是讓胡熙來給自己出謀劃策的，沒想到胡熙竟然給劉備做了說客**。不過仔細想想，胡熙的話也不是沒有道理。

胡熙見張羨動念了，便道：「我知道，只要張太守一同意的話，那麼零陵、桂陽兩地的太守就會同意，只要能讓荊州統一，我們就不該做出對不起荊州的事。」

「好吧，我答應你，只是，我們要如何和劉備取得聯繫呢？」

「父親，你怎麼可以就這樣輕易答應呢？」張懌抗拒道：「兒願意領兵去會會劉備，如果敗了，再投降不遲。」

「如果開戰，就會生靈塗炭，劉備接管了劉表的舊部，屯駐在江陵的有兩萬水軍，劉表的水軍一直是很出色的，我們訓練的士卒沒有經歷過水戰，如果發生火拼，只怕會一敗塗地。胡熙說得對，識時務者為俊傑，何況劉備不是劉表，我對劉表有恨，對劉備並沒有，不如就此投降。也好早日使荊州統一，完全的興盛起來。」張羨道。

胡熙道：「張太守的這顆悲天憫人的心，實在令我佩服。」

「好了，你去聯繫劉備吧，就說我們願意歸順他。」

「告辭。」

夕陽西下，劉備帶著兵馬，一行人水陸並進，抵達和長沙、武陵交界的地方，暫時讓士兵休息，自己則帶著士兵親自巡營。

入夜後，劉備尚未休息，還在思索著該怎麼樣攻打荊南四郡。

「啟稟主公，外面有一人，自稱是武陵太守胡熙，要面見主公。」守門人說道。

「武陵太守？嗯，讓他進來吧。」劉備道。

不一會兒，胡熙便跨進了大帳，見劉備獨自一人高坐在那裡，參拜道：「在下武陵太守胡熙，參見劉將軍。」

劉備打量了下胡熙，眼前突然一亮，問道：「你可認識胡彧？」

胡熙道：「胡彧正是在下的族兄，只不過鬧黃巾時，胡氏一族遷往四面八方都走散了。劉將軍認識胡彧？」

「嘿嘿，自然認識。你的族兄在高飛帳下當差，不過，聽說戰死在攻打袁紹的戰場上。」

胡熙聽後，臉上沒有一點表情，道：「死得其所，次越兄很光榮。」

劉備暗暗驚奇，道：「不說這個了，你來找我，是有什麼事嗎？」

「我是來歸順劉將軍的，不光是我，還有零陵、長沙、桂陽三地的太守也都願意歸附將軍。」

劉備不敢置信地道：「你剛才說什麼？」

胡熙再次說道：「荊南四郡願意一起歸順將軍麾下。」

劉備突然轉喜為憂，狐疑道：「你該不是故意來詐降的吧？」

胡熙笑道：「將軍懷疑也是正常的，這件事擱在誰的身上，都會產生懷疑，但是這件事確實是千真萬確，如果詐降的話，我是不會拉上另外三個太守的。」

「主公！我相信胡太守說的是真的。」此時，諸葛瑾走進大帳道。

胡熙斜睨了諸葛瑾一眼，見諸葛瑾比自己還年輕，問道：「這位是？」

「在下諸葛瑾，字子瑜。」

「哦，拜見諸葛軍師。」胡熙道。

劉備道：「軍師相信他的話？」

諸葛瑾點點頭。

「好吧，那就接受他們的投降。」

漢曆太平二年，西元一八八年，劉備率部進入長沙，接受了荊南四郡的投降。

隨後，劉備又派人去江夏勸降了霸占江夏的張虎和陳生，**整個荊州就此納入劉備的治下，也從此奠定了劉備爭霸天下的基礎**。

與此同時，袁術的宋國在曹操、孫堅的前後夾擊下，終於走上敗亡之路，曹操占據了豫州，孫堅占據了淮南，而遠在西北的馬騰，久攻益州不下，被擋在關外，被迫退兵回到漢中。

由於諸侯之間的連年征戰，人口大大減少，田地荒蕪，城池殘破，一時間各個諸侯都開始休養生息，至此，天下出現了幾年短暫的和平。

第七章

拉攏利器

歐陽茵櫻失望地道：「原來，你一直把我當作拉攏周瑜的利器……」

「如果不是我，你早就被田家堡的人給霸占了，根本不可能活在這個世上，從某種意義上說，你就是屬於我的，我讓你做什麼，你就要做什麼。」高飛厲聲道。

時光荏苒，轉眼間，兩年就這樣過去了。

西元一九〇年，大漢太平四年，兩年的時間內，除了西北涼國的馬騰一直在不斷向西域用兵外，其餘各地都是一派祥和的氣氛。

燕侯高飛率先在河北稱王，證明了大漢皇權的再一次軟弱。馬騰當時雖然發表征討高飛的檄文，但由於沒有得到其餘諸侯的回應，最後也不了了之。

就在高飛稱王不到兩個月的時間裡，和孫堅一起瓜分袁術地盤的曹操亦先稱王，緊接著，孫堅也稱王。隨後，取代劉琦占據整個荊州的劉備以匡扶大漢的皇權為己任，自稱楚王。

馬騰不甘示弱，逼迫小皇帝下令分封自己為**涼王**，封長子**馬超為秦侯**，代替他統領關中，並且將關中更名為雍州。蜀侯**劉璋，也自稱蜀王**，而占據交州之地的交州牧**士燮**，則自稱**越侯**。

冬去春來，北方的春天還帶著一絲寒冷，但今天一大早，薊城內萬人空巷，所有的百姓不斷地湧向薊城東北方向一個大大的球場上。

看臺上的觀眾熱情似火，場上的健兒正在拼命爭搶著腳下的足球。

只見場上一個黑面漢子跑得賊快，腳下熟練的運著足球，一路穿梭而過，在到達球門前的時候，起腳射門，猛烈的一腳踢出，足球便飛一般的越過了守門員，鑽進了球網。

「匡！」一聲巨大的鑼鼓響聲，全場為之沸騰，那歡呼雀躍的聲音直沖雲霄。

「進了！進了！」

高飛坐在尊貴獨享的看臺上，看到周倉率先進球，興奮地叫了起來，「記下來，凡是進球的人，都額外賞賜一百金幣。」

這兩年，燕國境內一派祥和，由於前期開墾荒地、興修水利的緣故，終於在去年迎來了大豐收，使得糧倉豐足，百姓安居樂業。

另一方面，塞上城池的修建也基本竣工，被燕國大批俘虜的鮮卑人成為各地開採各種礦石的礦工，大批漢人開始向塞上城池遷徙，在塞外從事放牧的工作，大大增加了燕國畜牧業的發展。

足球場的建造算是順勢的發展，兩年內，高飛沒有進行徵兵，只將原有的三十萬軍隊進行加強訓練，使每個士兵都成為一名精兵。

在沒有仗打的情況下，競技運動，就成了燕國炙手可熱的運動，今天這場球賽，正是為了慶祝萬人足球場建造完工的第一場大規模的球賽，所以吸引不少人來圍觀。

作為擁有現代思想的高飛，雖然不可能將他熟悉的東西一下子全部帶到這個世界來，但是他卻一直在慢慢的改變著這個世界。為了讓全民養成運動習慣，他專門成立了體育總局，推廣各種適合百姓的運動。

「匡！」

又是一聲巨響，球賽重新開始，高飛看著率隊的周倉，讚嘆道：「周倉打仗沒得說，沒想到踢球也是如此一流，真是個不可多得的良才。」

高飛讓帳下的每個將軍都要固定參加球賽，除了鎮守邊疆的將軍身兼要職，無法抽身外，其餘的人都要帶領自己的球隊，定期到薊城舉行對抗賽，一方面豐富將士們的休閒生活，一方面也增加他們的體能。

球場如戰場，進行球賽還可以考驗每個將軍指揮球隊的能力，他要的不僅僅是猛衝猛打的那種蠻將，而是會真正帶兵打仗的將才。

除了各種球賽，他還**設立了軍事學院**，定期讓軍官到學院進行培訓，學習兵法、陣法以及各種攻堅戰，培養軍事指揮官。

短短兩年，燕國境內發生了翻天覆地的變化，除了人口增加、農業、工業、商業、畜牧業同時發展外，在人才上，也籠絡了一批治理地方的文人，把那些武人全部換了下來，然後讓武人專門帶兵，將文武職能徹底區分開來。

球賽還在繼續，高飛看得如癡如醉。

其實足球並非外國人發明的，古時候稱為蹴鞠，起源於春秋、戰國時期的齊國故都臨淄，唐、宋時期最為流行，常出現「球終日不墜」，「球不離足，足不離球，華庭觀賞，萬人瞻仰」的情景。高飛所做的，不過是在興起這股運動罷了。

「殿下，臣有要事向殿下稟告。」賈詡走到高飛身邊道。

高飛見賈詡的臉上帶著憂愁，便問道：「出什麼事了？」

賈詡道：「請殿下回宮，臣自當向殿下表明。」

高飛站起身，對裁判員道：「好好記錄下所有的球賽，以便賞賜。」說完，便和賈詡一起回到位於薊城中心的燕王府。

啟明殿上，高飛端坐在王位上，道：「軍師，什麼事，如此神神秘秘的。」

賈詡道：「主公，趙雲從河內傳來消息，說洛陽一帶有異常舉動，偵察兵經常看見有小股兵力在附近轉悠，這種情況已經持續一個月了。」

「自從群雄在洛陽廢墟混戰之後，洛陽一帶的百姓都被我遷徙到了河北，那裡早已成為四不管的地帶，也是和曹操、劉備、馬騰之間的邊荒之地，雖然並未有過約定，但是誰都不敢輕易派兵去占領此地，到底是誰如此大的膽子，竟然在那裡遊走？」高飛皺眉道。

賈詡道：「趙雲的信中並未說清楚，他也派人去調查過，可是沒有任何眉目，而且派去的人再也沒有回來，之後趙雲親自帶親隨去調查，也沒有查出來個所以然來。」

「嗯，這件事是有點不太尋常，即刻給趙雲下命令，必須查出這是誰在幕後主使，是魏軍、楚軍還是涼軍。」

「諾！」

「另外，你給駐守在天津的甘寧、文聘發一道命令，讓他們為我準備五艘大海船，再讓士孫瑞將早已準備好的貨物運抵天津，挑選精銳的水手。」

賈詡聞言，問道：「主公，你真的打算浮海去江東？」

「是的，我和孫堅之間有過約定，說好了要彼此通商的，這幾年，我軍一直處於戰爭之中，根本沒有時間顧及此事，如今經過兩年的穩定發展，糧草充足，兵馬強壯，也是時候該去遵守和孫堅的約定了。再說，東南一帶的物資也是我迫切需要的。」

「既然主公主意已定，那臣也沒有什麼意見，只是，主公若去了江東，孫堅倒是不會有什麼，只怕孫堅手底下的將領會對主公不利，而且，主公一走，燕國無主，不如派一位臣子代勞。」賈詡憂心道。

高飛笑道：「這件事只能我去做，我想要的東西，任何人都不會明白，如果我不親自去，也不可能顯出我們的誠意。燕國雖然無主，但是經過兩年的穩定發展，各級文武大臣各司其職，沒有我也沒有什麼關係。只要軍師、幾位副軍師以及相國通力合作，治理好軍政、民政不在話下。」

賈詡身為燕國的三軍統帥，執掌整個燕國的兵馬，權力極大，但是他並沒有什麼野心，一心一意的輔佐高飛，所以深得高飛的信任。聽完高飛的話，便不再勸說，因為他知道高飛的性格，一旦決定了，就不會輕易改變。

「那臣就遵從王上的意思，只是不知道王上要離開多久？」賈詡問。

「少則三個月，多則半年，我必然會從東吳歸來。」

三月二十，高飛騎著烏雲踏雪馬來到了天津。

天津自建立以來，便成為一個重要的港口，從這裡可以浮海東渡到遼東，節省了陸路走遼西走廊的時間，用海運穿梭在兩岸之間。

天津城裡，甘寧、文聘、王威、蘇飛、施傑五位將軍將高飛迎入大廳。

「臣等參見王上。」

古代的爵位，除了公、侯、伯、子、男五等之外，還有一個高於公侯，僅次於皇帝的爵位，這就是王。一旦稱了王，所享受的規格和禮儀，只比皇帝低一個等級，所屬的部下也均可以稱臣，所以，除了高飛的後宮和百姓外，所有的官員見了高飛，都自稱為臣。

「都免禮了。」高飛坐在大廳裡，抬手對甘寧五個人道。

甘寧作為五虎將之一，和文醜同為新投降高飛的兩員大將，兩個人一直頗具爭議。因為他們是新來的，要說軍功，不如張郃、徐晃、魏延、龐德、陳到等人多，所以一些高飛的舊部就很不服氣，就連張郃、龐德這兩個舊將也有些微詞。

但是，高飛之所以將甘寧、文醜列入五虎將，自然有自己的打算。甘寧斬殺紀靈，百騎攪亂宋軍的事蹟天下聞名，而且甘寧以前是做江賊的，操船的技藝很熟練。高飛看中的，是甘寧的勇略、膽識以及能夠替他組建一支強大的水軍。

選擇文醜，則是因為文醜確實勇猛無匹，張郃、徐晃、龐德等人皆不是對手，而且文醜先後跟過兩個人了，高飛就是要全天下的人知道，**他是非常注重人才的，只要你有才華，就可以來投靠，不在乎你的過去。**

為了平復諸將心裡的不平衡，高飛乾脆讓甘寧去天津建立水軍，讓文醜跟著田豐一起去修築塞外城池，索性眼不見為淨。

甘寧被高飛任命為水軍的都督，這個職位，雖然官位高，卻是個虛職，原因很簡單，整個燕國的水軍加一起才一萬人，而且這一萬人還是又當修建船隻的工人又當水手的。

不過甘寧沒有一句怨言，反倒是一到任就幹得很出色，負責督建各種戰船、商船，為以後的燕國水軍而做出鋪墊。

「啟稟王上，臣已經按照王令，準備好五艘海船為商船，貨物也都裝在商船上，只要王上一下令，便可以即日出發。」甘寧身穿一身藍白相間的軍裝，筆直地站在高飛的面前報告道。

燕國的軍裝，經過兩年的改造，已經初步定型，馬軍、步軍、水軍都有不同的服裝，不再是古代那種服裝，但也沒有到現代軍裝的標準，介於兩者之間，束身、收腰、穿在身上看著整潔、俐落，而且軍隊裡各個階層的軍官都有特定的服裝標準，一眼便能看出在軍隊裡是什麼職位。

高飛聽完甘寧的話後，說道：「很好，我之所以讓你們今天都聚集在這裡，就是要告訴你們，你們五個人一起隨同我去東吳，一個人管一艘船。」

文聘是水軍的副都督，一聽到要出海，臉上喜道：「主公，何時出發？」

「明天一早就出發，今天你們先去準備準備，這可是我們燕國水軍第一次揚帆遠航，你們跟我到東吳走一遭，也好見識一下東吳水軍的實力，回來後，我們就要著重打造水軍了。」高飛道。

「諾！」

第二天一早，高飛在甘寧、文聘的陪同下，來到海濱的港口，看到海濱附近停放著五艘巨大的海船，上面掛著燕軍的旗幟，甲板上站立著少許士兵，蘇飛、王威、施傑分別站在三艘船隻上，向高飛行注目禮。

「很好，雖然水軍只有一萬，可是卻很精良，以後我會著重對水軍的擴建，無論是從軍備還是軍餉，都會加強，**我要讓南船北馬的成為過去，讓天下人都知道，我們燕國的海軍才是世界第一的。**」高飛看到以後，有感而發。

「王上……王上……」

這時，歐陽茵櫻騎著一匹駿馬，颯爽英姿的朝高飛奔馳而來。

高飛扭頭見是歐陽茵櫻，笑道：「你總算來了。」

不一會兒，歐陽茵櫻翻身跳下馬背，抱拳道：「參見王上。」

「臣等參見郡主。」甘寧、文聘等人朝歐陽茵櫻拜道。

歐陽茵櫻是高飛的義妹，又是高飛智囊團中唯一的女軍師，高飛稱王後，便封歐陽茵櫻為清河郡主，食邑千戶，以示尊貴。

「免禮。王上，你怎麼走的那麼急，還好我及時趕上了，不然我就錯過機會了。」歐陽茵櫻埋怨道。

高飛笑道：「事情緊急，不得不急啊，再說，我也派人去通知你了，按時間算的話，你應該昨天就到了，怎麼現在才來？」

歐陽茵櫻道：「我和文蕊、喀麗絲一起去打獵，就來晚了。」

「哦，你們娘子軍組建的如何了？」高飛笑問。

歐陽茵櫻原本是個文靜的女孩，可是她受到高飛以及周圍那些將軍的影響，加上這兩年高飛讓她去組什麼娘子軍，和文蕊、喀麗絲這兩個愛好舞槍弄棒的人在一起，性格也變得有點男性化了。

「王上請放心，這兩年來，我們招募了三千多女兵，練習的弓馬嫻熟，一點也不亞於那些男兵，就是人數少了點。王上，這次是要去東吳嗎？」歐陽茵櫻道。

高飛點點頭，望著眼前這個義妹，心中忍不住浮想聯翩：

「小櫻也成大人了，論相貌、身材、才智、膽識，都不同於一般女人，太史慈為了追求她，無所不用其極，結果還是被她給拒絕在門外，如果不是我趕快給太史慈介紹了個美女，並且加以開導的話，只怕太史慈就會為情所困了，這次去東吳，很有可能會見到周瑜，小櫻如此的美麗，應該可以打動周瑜的心，再說大喬、小喬我也想見見……」

高飛提醒道：「是去東吳，不過，你要換身行頭，到了南方，不要再這樣了，要表現的溫柔一點，或許會見到讓你朝思暮想的那個人。」

歐陽茵櫻心中歡喜不已，她本來就是大家閨秀，詩書禮儀都很精通，自然不會丟掉她溫柔的一面。

上船後，在甘寧的一聲令下之後，五艘裝滿北方物產的商船便揚帆啟航了。海風吹拂著高飛的臉龐，空氣中瀰漫著一股鹹味，高飛看著盤旋在上空的海鷗，心情十分的愉悅。

他扭過頭，對甘寧道：「望遠鏡。」

甘寧把望遠鏡遞給高飛，高飛透過望遠鏡，望著那一望無垠的大海，說道：「所有的船隻都裝上了指南針和望遠鏡嗎？」

甘寧道：「都裝上了，王上發明的這兩個東西的確十分實用，這樣一來，我們就不會偏離航線了，更可以在很遠的地方便能看到前方的情形。」

高飛笑了笑，心裡想道：「其實這並不是我發明的，而是我借用的，我只是讓這兩種東西應用於生活而已。」

指南針自古就有，傳說黃帝和蚩尤大戰的時候，就出現了指南車，再說，指南針的原理也很簡單，不必過多敘述。

倒是望遠鏡這個東西，高飛發明的有點意外，是他在巡視開採礦區的時候無意間發現的，然後將晶礦給帶了回來，弄了差不多半個月，便做成一個簡單的望遠鏡，掌握原理之後，加以批量生產，讓每個軍隊的指揮官手裡都有一個。

航線一路向南行走，高飛轉身對甘寧說道：「你之前當過江賊，在江中和海中不一樣，在江中或許你操縱船隻會很靈活，但是在浩瀚的大海上，必須要時刻知道自己的方向，偏離一點，就會走不少冤枉路。要建立一支強大的海軍，必須要經過幾年的光景，我之所以把你放在這個位置上，並不是嫌棄你，反而是因為我很看中你。」

「王上的話，甘寧謹記在心。甘寧知道王上一直很器重我，定然不會讓王上失望的。」

「很好，你繼續帶領船隊前進，我先進船艙裡去了。」

「諾！」

高飛下了甲板，朝歐陽茵櫻的房間走去。

「小櫻，是我。」

歐陽茵櫻已經換好衣服，打開門，道：「哥哥，你怎麼不在甲板上多逗留一會兒？」

「事情都交代清楚了，就沒有必要一直待在上面了。小櫻，我有一件很重要的事要跟你說，希望你能先答應我。」

「哥哥，到底是什麼事啊，如此神秘？」

平時沒人的時候，高飛和歐陽茵櫻便會以兄妹相稱。

「總之，你先答應下來，我再告訴你。你放心，哥哥不會害你的。」

「好吧，哥哥你說吧。」歐陽茵櫻一臉的期待。

「我想把你嫁給周瑜。」高飛一本正經地道。

歐陽茵櫻聽後，臉上立即泛起紅暈，羞道：「哥哥，這種事怎麼說得出口……」

「我只問你同意還是不同意？」高飛道。

歐陽茵櫻輕輕地點了點頭。

高飛哈哈笑道：「那就好，等到了東吳，如果見到周瑜，我一定會向吳王孫堅提出來的，你現在是燕國的郡主，東吳的事我雖然知道的不多，但是可以肯定周瑜必然會受到重用，也不至於丟了身分。」

「哥哥怎麼會突然……」歐陽茵櫻納悶道。

高飛道：「小櫻，我知道你很喜歡周瑜，但是我把醜話說在前面，**我讓你嫁給周瑜，其實是有目的的。**」

「目的？」歐陽茵櫻心中一驚，急忙問道。

「你不用緊張，我讓你嫁給周瑜，只有一個目的，**那就是想把周瑜帶到燕國來。**如果他在東吳還沒有出仕，那就好辦了，可一旦他成為東吳的官員，你就要想辦法勸他到燕國來。在吳國的這段時間，我會想法子讓他愛上你。」

「原來王上是在利用我……」歐陽茵櫻的臉色沉了下來。

「你不要說的那麼難聽，什麼利用不利用的，我這也是在幫你。你不是一直很喜歡周瑜嗎，我是在幫你達成心願，作為回報，你必須把周瑜給帶回燕國。」

「那要是他不肯跟我回燕國呢？」

「那你就要向郭嘉學習，再玩一次無間道。如果周瑜真的出仕吳國，憑藉他的才華，以後必然會成為統帥吳國軍隊的靈魂人物，你在他身邊待著，可以刺探到重要的軍情，然後送回燕國，讓我瞭解東吳的情況。」

「我和郭嘉不同，他是男人，我是女人，**你就不怕這次無間道玩砸了，把我賠進去不說，還激怒了吳國嗎？**」歐陽茵櫻追問道。

「呵呵，還記得我在遼東把你給救下來的時候，你那時候不過才十三歲而已，就出落成一個美女了，有著江南女子的妖嬈和魅惑，當來我知道你認識周瑜並且心中愛戀他時，便打定這個主意了，決定利用你把周瑜給搶過來。」高飛毫不掩飾自己的意圖，坦白地說了出來。

歐陽茵櫻聽完，心裡一陣驚慌，沒想到她一直叫的哥哥，也是她一向信任的義兄，居然城府如此的深。

她失望地道：「原來，你一直把我當作拉攏周瑜的利器……」

「你的命是我救的，如果不是我，你早就被田家堡的人給霸占了，根本不可能活在這個世上，現在的你，可謂是文韜武略，天下的女人有像你一樣的嗎？我給你吃的、穿的，給你住的、用的，從某種意義上說，你就是屬於我的，我讓你做什麼，你就要做什麼。」高飛厲聲道。

「哼！難道你就不怕我報復你嗎？」

「小櫻，我養了你五年，雖說不是你的親哥哥，可是感情已經勝過了親哥哥，可是，在面對某些事情的時候，我必須有所取捨。在我認識的女人中，沒有一個像你這樣出色的，**我讓你加入我的智囊團，讓你跟著我去打仗，為的就是訓練你，磨練你的心智和你的智慧**，而今，正是我要用到你的時候，請你不要推辭。」

「周瑜對你來說，真的那麼重要嗎？」

「嗯，**我已經有了司馬懿，如果再擁有周瑜，還差一個諸葛亮，如果這三個人聚在一起，燕國將會達到空前強大**，除此之外，龐統、法正、陸遜等人也是我想要找的。你不會明白我對人才的渴求，更不會明白我為什麼要這樣做，因為你不是我，無法體會到我的雄心壯志有多大。」

「好吧，那我倒要聽聽，你的雄心壯志究竟有多大！」

高飛眼中充滿了對未來的期待，緩緩說道：「小櫻，**你可知道大漢有多大，這個世界又有多大嗎？**」

「大漢……」

歐陽茵被問倒了，在她心裡，大漢是一個泱泱大國，但是到底大到什麼程度，她還真說不上來。

古代的地圖，一般都是一個州或者一個縣的地圖，真正的全國地圖的繪製，是需要很精細的考察，而且古代人所繪製的全國地圖，也只有在皇宮裡出現，那是讓皇帝瞭解自己所管轄的範圍。對於一般人而言，能見到一眼全國地圖的，少之又少。

高飛從懷中掏出一幅地圖，這是他花了半年的時間，自己親手繪製的，是他根據腦海中世界的輪廓繪製出來的。

他將世界地圖攤開後，鋪在船艙的木板上，鋪了整整一地，指著其中一塊很大的地方說道：「你看仔細，這裡就是我們所處的大漢。」

歐陽茵櫻見整個大漢上用朱砂隔開了幾個小國，上面還寫著字，她一看便知道這是在大漢境內幾個稱王的國家。燕、魏、吳、楚、涼、蜀、越七國並存，同時，她也看到大漢不過才占一小部分，還有很多地方她是從來沒有聽過的。

「我們所在的大漢……在這個地圖上，怎麼就只有這麼小？」歐陽茵櫻問。

「因為這是世界地圖，除了我們大漢之外，世界上有形形色色的人，黃頭髮、紅鬍子、藍眼睛、白皮膚的，還有棕色皮膚的，比比皆是，並不單單只有我們大漢而已。」

「那……這個世界究竟有多大？」歐陽茵櫻好奇地問。

「我只能說，很大。小櫻，這就是我的雄心壯志，我所在乎的，並不是單純的大漢而已，**大漢只是我的一個墊腳石，我的目標是整個世界，我讓全世界都遍布我們漢人的足跡，讓漢人的語言成為世界通用的語言**。然而，在西方，還有各種各樣的國家，其中較大的就是羅馬，我要稱霸世界，就必須要打敗羅馬，而要打敗羅馬，光靠我一個人的力量是不夠的。所以，我才會那麼注重優秀的人才。」

歐陽茵櫻為高飛的這番話徹底折服，稱霸世界！那個世界可是大漢的許多倍，要占領整個世界，那需要何等的氣魄和膽識啊。

「哥哥雄心壯志，我受教了，請哥哥放心，小櫻就算是使出渾身解數，也要把周瑜給帶回燕國，讓他聽從哥哥的調遣。」

「很好。我想，如果我能在短時間內結束諸侯混戰的局面，在我的有生之年，或許能夠親自率領我們大漢的子民遷徙到世界各地，讓我們漢人的足跡遍布世界各地。」

半個月後。

吳國，建業。

「啟稟王上，燕王高飛親率五艘商船，一日後將抵達曲阿。」

吳王孫堅端坐在王位上，聽到海防那邊傳來的消息，整個人為之一振，不禁歡喜地道：「孤和子羽一別數年，除了中間通過幾次書信外，一直沒有怎麼聯繫過，如今子羽親自到來，孤當率眾到曲阿迎接……」

相國張昭聽後，立刻反對道：「王上不可，雖然高飛貴為燕王，但是王上也是王，豈能親自遠迎？更何況，建業新建完成，許多事情都需要王上親自處理，王上一旦離開王城，那將置諸多文武大臣於何地？」

「這裡的事情皆處理的差不多了，有相國和諸位大臣在，沒什麼好擔心的。燕王高飛親自到訪吳國，這是何等振奮人心的消息，孤和燕王乃是兄弟，分開數載，如今重新見面，又有何不可？孤意已決，任何人不得再有阻攔，否則斬立決。」孫堅穿著王袍，站了起來，拂袖而去。

張昭無奈的搖搖頭，心中想道：「高飛在河北稱雄，天下莫敢所向，今日卻主動來到吳國，這其中必然有什麼原因，只可惜王上只顧著兄弟情誼，卻不知道高飛是否念及舊情啊。」

燕王高飛到達吳國的消息，在整個建鄴城裡奔相走告，燕王的名頭可是響徹天下，東定東夷，北逐鮮卑，西和匈奴，雄霸黃河以北，更何況鐵浮屠天下無敵，鄴城的街頭巷尾有時候都經常講述著高飛的故事。

建鄴東城的酒館裡，一個體格健壯的少年和一個面如冠玉的儒生坐在一起，舉杯對飲，那少年已經喝得微醉，舉杯對面前的儒生說道：「公瑾，來來來，咱們……」

「燕王高飛要造訪吳國了，明日即將抵達曲阿，大王要親自去曲阿相迎……」酒館外，一個人高聲喊著，打斷了少年的話。

少年聽到這句話，驚呼道：「燕王高飛親來吳國？」

「可是和伯符兄有六年之約的那個高飛高子羽嗎？」那儒生問道。

「除了名動天下的燕王之外，你還聽過別人叫高飛嗎？」

說話的那個叫伯符的少年，不是別人，**正是吳王孫堅的長子，孫策**。

如今的孫策早已不再是五年前虎牢關前那個孫策了，經過五年的茁壯成長，已經成為一個身高八尺，虎背熊腰的男子漢了。

他古銅色的英俊臉龐稜角分明，猶如刀削斧砍一般；兩條濃眉漆黑、整齊，無半絲雜亂，如墨畫刀裁；挺直的鼻梁，緊閉的嘴脣，深邃的眼眸，似深情又似無情、似熱烈又似淡漠的眼神，銀光閃動，有如刀刃般鋒利。

雖然只有十六歲，卻看不到半點稚嫩的樣子，反而有一種經歷世事的滄桑感。

「既然是他的話，那我倒要和伯符兄一起去看上一看，我要見識一下，名動天下的燕王，是否真的是如同傳聞中的那樣英武。」坐在孫策對面的儒生緩緩地站了起來，面無表情的說道。

儒生的年紀和孫策相仿，無論他站在哪裡，總會引來過路人的注目，因為他長得實在是太過俊美。

儒生身穿一襲淺米色長袍，身材適中，給人一種玉樹臨風又浪漫灑脫的感覺。清秀的五官，一雙漆黑似墨的劍眉，豐潤性感的嘴脣閃著自然紅潤的光澤，面頰豐腴，肌膚白皙，端正的輪廓隱含儒者特有的溫文爾雅。

「伯符兄，今日就喝到這裡吧，從建業到曲阿還有一段路程，我們應該儘早趕過去，以免耽誤了行程。」儒生手拿白色的羽毛扇子，輕輕地在胸前搖曳著。

孫策隨手舉起面前那半罈酒，一仰脖子，咕咚咕咚的灌了下去。一口氣喝完後，從懷中掏出些許錢財放在桌上，對面前的儒生道：「公瑾，就算要去，也不用那麼著急，你跟我到軍營裡去選兩匹上等的好馬，咱們星夜趕過去，必然能夠趕到。」

那儒生字公瑾，**叫周瑜**，是廬江舒城人士，當年孫堅率領舊部從長沙出發，一路斬荊披棘，孫策以低齡相隨征戰，在攻打廬江時，意外結識了孫策，兩位少年一見如故，雖然不曾結拜，但感情卻勝似結拜兄弟。

周瑜聽了，點頭道：「嗯。」

於是，孫策、周瑜出了酒館，朝兵營走去。

校場上，一員身披盔甲的將軍正站在點將臺上手持旗幟，不停地打出各種旗語，點將臺下面，列成各種隊形的吳軍士兵則隨著旗幟的擺動而行動，不停的演變出各種各樣的陣形。

孫策、周瑜悄無聲息的來到點將臺的下面，看到站在點將臺上的那個將軍正揮舞著旗幟，兩個人便停下了腳步，靜靜地站在那裡欣賞。

「公瑾覺得幼平指揮兵馬可有所長進？」孫策看了一會兒後，小聲道。

周瑜道：「沒想到他居然能在這麼短的時間內就掌握住一字長蛇陣和鶴翼陣的訣竅，如果再學習其他幾種陣形，必然能夠成為超越程普、黃蓋、韓當、祖茂四位將軍的後起之秀。」

「公瑾，你這是在誇我呢，還是在損父王？」孫策笑道。

周瑜面不改色道：「只能說伯符兄是青出於藍而勝於藍，伯符兄之所以有今天，多半是因為王上教導有方。伯符兄已經那麼優秀了，王上自然比伯符兄更甚。程普、黃蓋、韓當、祖茂這四位將軍都是跟隨王上征戰沙場多年的宿將，然而，天下風起雲湧，我輩中人層出不窮，就連那天下無雙的呂布也被關羽給斬殺了，還有什麼不可能的呢？」

孫策聽後，哈哈笑道：「公瑾的嘴皮子功夫我是不及，不過公瑾是什麼樣的人，沒有人比我更清楚的了，我不會怪罪你的。」

「多謝伯符兄。」周瑜微微欠身道。

孫策爽朗的笑聲立刻傳到點將臺上那名將軍的耳朵裡，那將軍扭頭看見孫策和周瑜不知道什麼時候站在那裡，臉上一陣驚詫，急忙揮舞著旗幟下令原地待命，自己急忙走下點將臺。

那將軍身材魁梧，短髯黑面，一條猙獰的刀疤橫在眼睛和鼻梁上，一眼看上去會覺得此人絕非善類。

他走到孫策和周瑜的面前，抱拳拜道：「末將周泰，參見少主和軍師，少主和軍師遠道而來，末將未能遠迎，還望少主和軍師見諒。」

孫策擺手道：「免了，是我自己要來的，與你無關。幼平，軍師說你的陣法演練的不錯，還說他要再傳授你幾套陣法，你可願意學習？」

周泰的年紀只比孫策、周瑜癡長一兩歲，卻跟隨孫策已經整整五年有餘。

孫堅占領廬江後，在廬江進行了一個月的休整，並且開始招兵買馬，以補充兵員。孫策生性好強，也於廬江設立了一個招募處，專門招募年紀在十三四歲至十五六歲之間的少年，糾合起一支平均年齡在十五歲左右的軍隊，雖然只有八百人，但在這八百人裡，產生出許多年輕的將才，周泰是其中最出色的一個。

「多謝軍師教授，末將必然會竭盡全力，學會軍師所教授的一切陣法。」周泰臉上一喜，當即說道。

周瑜搖搖頭道：「幼平，你要學就找少主學，這話是他說的，可不是我說的。」

孫策伸出粗壯的長臂，一把攬住周瑜的肩膀，將他拉到自己的臂彎下，嘿嘿笑道：「我的話就是命令，不管你願不願意，你都要再教給幼平一套新的陣法。」

「是啊軍師，無論如何，你都要再教給我一套新的陣法才行，之前你教的那一字長蛇陣和鶴翼陣，我都已經操練的很熟練了，也是時候換一個新的了吧？」

周泰怕周瑜不同意，急忙說道。

周瑜裝作無奈的道：「沒辦法，誰讓伯符是少主呢，咱們又不能不聽他的話，否則就是違抗命令，我真後悔這麼早就接受了伯符的任命，不然他也管不了我。」

「嘿嘿，都自家兄弟，什麼管不管的，我的就是你的，以後只要有我孫策一碗粥喝，也就有你們喝的。」孫策笑道。

周泰也跟著笑了起來，一邊問道：「少主，你親自來到這裡，不只是那麼簡單的來看我練兵吧？」

「聰明！你去給我和公瑾準備兩匹上等的好馬，我要和公瑾去一趟曲阿。」孫策道。

「去曲阿？好端端的，少主去曲阿幹什麼？」周泰不解地道。

「你還記得我一直提起的一個人嗎？」孫策反問道。

周泰尋思一番，眼前一亮道：「少主，你說的該不會是在河北稱王的高飛吧？」

「除了他，還能有誰讓我如此欣賞？高飛親率五艘大型海船，裝載了許多貨物，從燕國的港口出發，明日即將抵達曲阿港，我要去迎接他。父王已經動身了，我們必須星夜趕過去才行。」

周泰驚喜道：「少主，末將也想和少主一同前去。」

孫策沒有絲毫的猶豫，點點頭道：「好吧，一起去。你多準備幾匹上等的戰馬，讓蔣欽、陳武、董襲、潘璋、凌操、宋謙、賀齊一同前往，也讓你們都開開眼界。」

周泰歡喜地道：「諾！」

話音落下，周泰轉身便去備馬去了，周瑜狐疑地道：「伯符兄一下子叫上八位健將一同前去，是何用意？」

「父王帶著程普、韓當、黃蓋、祖茂、朱治等人一起去，既然老將們都可以去，為什麼我們這些年輕的小將就去不得？我以為，若論武力，周泰、蔣欽、陳武、凌操、宋謙他們未必會輸給程普、韓當等人，這次高飛親自到來，必然會帶著他的親隨愛將，到時候一起切磋切磋，也未嘗不可。」孫策道。

周瑜聽後，笑道：「**長江後浪推前浪，一浪更比一浪高**，相信吳國的未來，必然會掌控在少主的手裡，也必然是屬於我們年輕的一代。」

孫策道：「這是自然的，初生牛犢不怕虎，別說對方是高飛，就是當年縱橫天下的呂布來了，我也不怕。只可惜，我沒有和呂布交過手，看來以後一定要找個機會跟關羽較量較量，我倒要看看，斬殺呂布的這個人，究竟有什麼與眾不同之處。」

夕陽西下，周泰解散了部眾，和蔣欽、陳武、董襲、凌操、宋謙、潘璋、賀齊七人一起策馬到了城門。

孫策看人都到齊了，調轉馬頭，「駕」的一聲大喝，高呼道：「出發！」一聲令下，十匹快馬馬不停蹄的朝曲阿趕了過去。

曲阿海濱。

吳王孫堅帶領著吳國的幾位重臣等候在那裡，身後一字排開程普、韓當、黃蓋、祖茂、朱治、張紘六人，士兵打著王旗列隊在兩側。

孫堅興奮地眺望著海面，見遠遠駛來五個小黑點，抑制不住自己的情緒，叫道：「自從討伐董卓之後，孤便和子羽一別三年，不知道子羽現在是何等模樣。」

程普、韓當、黃蓋、祖茂四人也帶著一絲的期待，他們四個都是跟隨孫堅多年的人，討伐董卓時，親眼見過高飛，後來聽說高飛在河北壯大，他們不由得佩服起來，也暗中下定決心，要跟著孫堅儘快把東南給平定了。如今，整個揚州都在孫堅的治下，作為孫堅的團隊，他們肩膀上的責任就更大了。

「王上，燕王若是知道王上如此隆重的親自相迎，定會深受感動。」張紘欠身道。

孫堅笑道：「子羽可不是隨隨便便就會感動的人，孤之所以親自來迎接他，是因為他和孤是兄弟，兄弟情誼蓋過一切，就算他不是燕王，只是一個普通的百姓，孤也會如此隆重的前來迎接。」

張紘清楚孫堅的為人，江東猛虎的名聲傳遍天下，世人皆知孫堅勇猛無匹，可是只有孫堅身邊的人才知道，江東猛虎太過感情用事。

「王上如此重情重義，確實是很難得。可是，王上身為吳王，統帥吳國軍隊、百姓，若一味感情用事的話，早晚會有吃虧的一天。**王上把燕王當兄弟，豈知燕王是否將王上當兄弟？**」他心裡暗暗想道：「**子布讓我留意燕王的一舉一動，難不成燕王此次前來別有目的？**」

五艘大型海船正乘風破浪，在漫天飛舞的海鷗陪伴下駛了過來。

掛著燕國大旗的海船上，高飛手拿望遠鏡站在甲板上，將岸上的情形看得一清二楚。

「王上，吳王短短兩年時間便占領了揚州全境，又和袁術爭奪九江郡的淮南之地，交兵無數，最終被他給攻下。此人雄心頗大，占領揚州不久便發兵攻打江夏，當時臣還在黃祖帳下，親眼見過孫堅作戰的勇猛，主公千萬不可小覷。」甘寧憂心道。

高飛聽出甘寧的話外之音，說道：「興霸，如今你已經是我的臣子了，就算你和孫堅之間有過什麼嫌隙，我想他也不會為難你，你就放心的跟在我身邊，用你敏銳的目光，記錄下以後可能會成為對手的人，暗中觀察、打聽，以便多瞭解一些吳國的實力。」

「諾！臣明白了。」

船隻逐漸靠岸，在接近淺海區域時，從海船上放下來一條小船，載著高飛、歐陽茵櫻、甘寧和幾名隨從向岸邊划去，孫堅看到高飛，興奮地朝海水中跑了過去。

高飛看到孫堅那麼熱情，心裡暖洋洋的，也跳下船，向孫堅跑了過去，心中想道：「孫堅和曹操的區別就在這裡，**孫堅重情重義，曹操卻總是懷疑人**，看來聯手抗曹的事，應該不會有什麼問題。」

兩下相見，孫堅和高飛互相擁抱著，看得兩邊的人都呆在了那裡。在吳國眾位文武大臣當中，孫堅給人一種勇猛無比的罡氣，誰曾見過孫堅有過這等情況，程普等人都咋舌不已。

甘寧站在小船上，看到這一幕，不禁心中一怔：「真沒想到，江東猛虎孫堅居然和王上的情誼如此之深，難怪剛才王上說不用擔心……」

「兩個大男人摟摟抱抱的像什麼樣子！」歐陽茵櫻看了，皺起眉頭，心裡吐嘈道。

深情的擁抱過後，孫堅和高飛各自定了定神，隨後爽朗地大笑起來。

笑過後，孫堅發現高飛臉上帶著一道傷疤，關切地問道：「子羽老弟，你本來也是個英俊瀟灑的漢子，可是臉上的這道傷疤卻破壞了你整體的形象，到底是誰如此可恨，敢傷了子羽老弟的臉？只要子羽老弟說出來，為兄一定要將他碎屍萬段。」

高飛灑脫地道：「無所謂，反正也好了，再說，人在江湖飄，哪能不挨刀呢？」

「子羽老弟，你這句話可真是精闢啊。」孫堅聽了，哈哈笑道。

「文台兄過獎了。」

接著，兩人就互相攀談起來，竟然忘了他們還站在淺水裡。

「大王，燕王殿下遠道而來，想必辛苦萬分，不如先迎回曲阿，讓燕王殿下好好休息一夜，也緩解一下燕王殿下的疲勞。」

張紘見孫堅和高飛絮叨個沒完，那情形簡直比多年不曾相見的親兄弟還親，只得巧妙的提醒孫堅一番。

高飛看了眼張紘，見張紘三十多歲，藍袍青鬚，面容端正，頗有長者之風，便道：「文台兄，這位是？」

孫堅介紹道：「哦，這是我吳國的軍師……」

「在下廣陵人，姓張名紘，字子綱，拜見燕王殿下。」張紘自我介紹。

高飛想道：「原來孫堅的軍師是張紘，而不是周瑜，這麼說來，周瑜應該還沒有出仕，看來我的機會還很大。」

「原來是張先生，久仰久仰。」高飛拱手道。

張紘見狀，急忙欠身道：「燕王殿下使不得，豈有殿下給臣下行禮的規矩？」

高飛還沒有回答，便發現孫堅臉色大變，驚詫道：「你怎麼……」隨即笑道：「既然你已經歸順了子羽老弟，你和我之間的事就算一筆勾銷。」

高飛聽了，立即明白孫堅是在對甘寧說話。

孫堅接著道：「子羽老弟，子綱說得好，我們一直這樣站著，你不冷嗎？」

高飛笑道：「一切全憑文台兄做主。」

孫堅便轉身對眾將說道：「讓燕國的船隻全部停泊在曲阿港。」

「諾。」

第八章

螳螂捕蟬

「就說燕王被魏國潛伏在吳國的刺客刺殺，意外身亡，以曹操的雄才大略，必然會發兵北上，趁勢占領河北。正所謂，螳螂捕蟬，黃雀在後，只要曹操敢北渡黃河，我軍便可兵出淮南，直插徐州、豫州，然後橫掃中原。」

縣衙大廳裡，孫堅早已擺好酒宴，眾人落座之後，孫堅對坐在身邊的高飛道：「子羽老弟，今日不醉不歸哦。」

高飛笑道：「小飲怡情，多飲傷身，還望文台兄不要一味貪杯。」

「哈哈哈，子羽老弟，我的酒量你還不清楚嗎？這點酒根本不算什麼。」

「話雖如此，如果一味貪杯，也難免會醉，我還有許多事想和文台兄談呢。」

「子羽老弟，你放心，我一定不會醉的。」說完，孫堅便舉起酒杯，向在座的每個人都敬了一碗酒。

「燕王在哪裡？我要見燕王……」

這時，一個嘹亮的聲音傳了進來，人隨聲到，孫策一身戎裝徑直踏了進來，身後跟著九名年輕的儒生和壯漢，使得大廳一下子變得擁擠起來。

「文台兄，這可是孫伯符？」高飛見來人長相和孫堅極為相似，不禁問道。

孫堅笑著點點頭，衝孫策招招手，道：「伯符，你過來，拜見你燕王叔叔。」

高飛看著孫策那修長的身材，嘆道：「不曾想昔年那個小毛孩，只短短五年，竟然會有那麼大的變化，讓我差點沒有認出來。」

孫策早已不再是當年那個隨便叫囂的小屁孩了，五年來，他嚴格律己，一邊修習武藝，一邊磨練自己的性子，在吳國已是獨當一面的人。

他見到高飛，趕忙單膝下跪，拜道：「伯符拜見燕王殿下。」

高飛見孫策當眾對自己行如此大禮，扶起孫策道：「快起來快起來，男兒膝下有黃金，你這麼一跪，我怕我承受不起啊。」

「燕王名動天下，天下的人誰不知道燕王的大名？再說，伯符身為晚輩，給燕王行禮也是應該的。」

孫策話音一落，不等高飛回話，便對跟著自己一起來的周瑜等人喊道：「汝等還不快點拜見燕王殿下。」

於是，周瑜、周泰、蔣欽、陳武、董襲、潘璋、凌操、宋謙、賀齊九個人一起雙膝下跪，朝高飛抱拳道：「我等拜見燕王殿下。」

高飛有些受寵若驚，看到這九個人個個相貌不俗，他雖然不知道他們是誰，可是他能夠感受到孫策對這九個人相當的依賴，不然，也不會帶這九個人來這裡。

「諸位快請起，我何德何能，竟然要我接受你們的朝拜。」高飛客套地道。

周瑜九人站了起來，抱拳道：「多謝燕王殿下。」

「伯符，你的策瑜軍不用訓練了嗎？怎麼把你的部下全部給帶來了？」孫堅問道。

「父王，孩兒聽說燕王要來，心中歡喜不已，我和燕王殿下一別五載，從未見面，孩兒甚是想念燕王殿下，更何況燕王名動天下，所有的人都想一睹燕王的尊容，他們都是跟隨我多年的人，索性就一起來了，以至於耽誤了訓練，還請父王降罪。」孫策有條不紊地說道。

「罷了罷了，反正策瑜軍也訓練的很辛苦，讓他們休息一兩天也未嘗不是一件好事。」

「多謝父王。」

周瑜站在周泰、蔣欽二人的身後，透過縫隙，一直在默默地打量著高飛。他見高飛臉上帶著傷疤，面容上略微有點美中不足，然而卻無法掩蓋身上的那股王者之氣，舉手投足間總能給人一種極大的魅力。

他正在打量高飛，不經意地和高飛的目光交錯在一起，高飛那深邃的眸子裡射出來的光芒，像是能把人看透一樣，讓他不敢再直視高飛，低下了頭，心中暗想道：「不愧是燕王，果然是與眾不同，這種人真是天下少有……」

高飛意外地發現有人藏身在周泰、蔣欽的背後偷看自己，便用同樣的目光看了回去，只短暫的眼神交會，他便看出此人絕非庸才，於是對孫堅道：「文台兄，這幾位年輕的才俊能否為我引薦一下？」

孫堅笑道：「有何不可？伯符！你來向燕王介紹一下吧。」

孫策「諾」了聲，讓周泰八個人站了出來，依次介紹道：

「這位乃是九江郡下蔡縣人士，姓周名泰，字幼平；這位也是九江郡人，不過，他是壽春縣人士，姓蔣名欽字公奕；第三位乃是廬江松滋人，叫陳武，字子烈；第四位乃會稽餘姚人，姓董名襲字元代；第五位則是吳郡餘杭人，叫凌操，第六位是潘璋潘文珪，東郡發干人也；餘下兩人一個是宋謙，一個是賀齊。此八人皆是我帳下各部先鋒，年紀雖然有些差別，但各個都是勇猛無比的人。」

高飛聽完孫策的介紹，指著周瑜問道：「他是誰？」

孫策笑道：「這是我策瑜軍的軍師，廬江舒城人，姓周名瑜字公瑾。」

此話一出，高飛和歐陽茵櫻都為之側目，但是兩人心裡所想的並不一樣。在高飛看來，他來晚了一步，覺得以周瑜的個性，要讓他離開孫策，幾乎是不可能的，不免為之扼腕。

對歐陽茵櫻來說，她的心情更是複雜許多，想道：「為什麼周瑜和以前的差別那麼大，我竟沒有認出他來……」

「在下周瑜，見過燕王殿下。」周瑜見高飛提到他，徑直走了出來，朗聲道。

「周公瑾果然名不虛傳……」高飛不禁大讚道。

坐在高飛旁邊的孫堅聽了，心想道：「高子羽一向看人很準，他對周瑜如此推崇，看來周瑜必是一個奇才。周瑜跟著伯符已經好幾年了，勝似親兄弟，我卻從未發現周瑜的才華，真是眼拙啊……」

接著，大廳裡的人互相做了自我介紹，當歐陽茵櫻報出自己的籍貫後，周瑜心中一震，直盯著歐陽茵櫻，心道：「真的是小櫻姐姐嗎……」

「在下甘寧，字興霸，乃是巴郡臨江……」甘寧最後一個自我介紹，聲音宏亮地道。

「是你？你還有臉來這裡？」凌操聽到甘寧的聲音，雙眼立刻冒出綠光，直勾勾地看著甘寧，打斷了甘寧的話。

大廳內，祥和的氣氛瞬間變得緊張起來，除了凌操，周泰、蔣欽等人都怒視著甘寧，那眼神像是要把甘寧生吃活剝了一樣。

「凌操，你退下，今天是我和燕王久別重逢的日子，再說甘將軍已經是燕國的將軍，和我們是友非敵，以後沒有我的命令，任何人不得與他為難。」孫堅明確地下令道。

孫策見狀，急忙斥退凌操眾人，對高飛抱歉道：「燕王殿下，我的屬下都還年輕，不太懂事，還請燕王殿下大人不計小人過。」

高飛笑道：「我難道是那樣不講理的人嗎？以前甘興霸確實和你們有過節，但那是各為其主，如今甘寧已經是我燕國的大將了，之前的恩怨就此化解吧，再說黃祖已死，你們就更沒有必要追究了。」

來的路上，高飛便把甘寧和吳軍間的那點舊事給問了個明白。在甘寧還是黃祖部下的時候，吳軍曾經多次派兵攻打江夏，都因為有甘寧率領的水軍，成功地擊退吳國的水軍，又殺死了不少吳軍將士，因此和吳軍的將士結下了深仇大恨。

眼見氣氛不佳，孫堅站了起來，對程普道：「你帶燕王去下榻的官邸，務必要親自送到，另外派二十個親兵守在官邸外面，不能放進去任何一個可疑的人。」

程普「諾」了聲，便帶著高飛等人走出了大廳。

曲阿縣城的官邸中。

高飛坐在大廳裡，回想著剛剛見過的策瑜軍。

照字面看，「**策瑜軍**」是取自孫策和周瑜名字中的各一字來命名的，團隊成員也很年輕，除了凌操的年紀稍微大一些，其餘人都不滿二十歲。

「興霸，以你對吳國的瞭解，可知道策瑜軍的來歷嗎？」高飛問道。

甘寧聽到高飛的問話後，道：「據臣所知，孫堅占領廬江之後，因兵源不足，便在廬江招兵買馬，其長子孫策則糾合了少年徒眾百餘人，按照軍隊方式來訓練，隨後，孫堅攻打九江郡，占領九江郡後，在九江正式成立了策瑜軍。」

「聽甘寧的話，孫策似乎在弄什麼童子軍，沒想到這傢伙還有這等想法……」高飛想道。

甘寧繼續說道：「孫堅逼迫劉繇、王朗、嚴白虎等人，一鼓作氣拿下整個揚州，孫策一直跟隨在孫堅左右，每到一個地方，便親自選拔招募一些少年，等到整個揚州被平定後，孫策已經組建起一支兩千人的少年軍隊。然而，策瑜軍真正參加戰鬥，是在三年前攻打江夏的時候。

「那時臣親眼目睹了策瑜軍的厲害，本以為這群少年只是烏合之眾，哪知道兩千少年會如此厲害，在孫策的帶領下，竟然一路衝到黃祖的中軍中，還斬殺了黃祖的幾名牙將。臣當時為了保護黃祖，斬殺了不少策瑜軍的將士，於是和策瑜軍結下了深仇大恨。」

高飛聽了道：「此事已經過去了，你現在是我的部下，他們不敢亂來。何況，現在吳王是孫堅，不是孫策，**孫堅重情重義，不會做出什麼違背情義的事，這正是我為什麼敢來吳國的原因**。孫策生性好鬥，是個猛將的料，但卻不是很好的主公，這一點，他不如他的弟弟孫權。孫氏一門皆人才，文韜武略之人也不乏其人，看來我如果想要徹底瞭解江東的情況，必須要多逗留些時間。興霸，你下去休息吧，明天一早跟我一起去吳國的王城建業。」

「諾！」甘寧應聲而退。

大廳裡靜悄悄的，只剩下高飛和歐陽茵櫻兩個人。

從縣衙回來後，高飛便發現歐陽茵櫻有點魂不守舍的。

「周瑜不過才十五六歲的年齡，那大小喬不是才七八歲嗎？七八歲還是個孩子，走的時候應該一起帶走，先當女兒養著，以後等她們大了，可以賜給有功的人做老婆。哈哈哈……」高飛心裡暗暗想道。

「哥哥，我能出去一下嗎？」歐陽茵櫻打破了大廳裡的靜寂。

高飛道：「嗯，去吧，別太晚回來，順便幫我探探口風，畢竟你們那麼多年沒有見過了。」

歐陽茵櫻臉上一紅，沒想到高飛看穿了她的心思，朝高飛欠了下身，急忙跑出了大廳。

高飛看到歐陽茵櫻的樣子，胸有成竹地想道：「以小櫻的姿色，周瑜一定會心動的，看來要帶走周瑜，應該不成什麼問題。只不過……唉，小櫻應該不會那麼做的，畢竟我是她的救命恩人，她今天有這一切，都是我給的，她應該知恩圖報才對……」

曲阿縣衙的一間屋子裡，孫策、周瑜、周泰等十個人彙聚一堂。

「你們今天親眼見到燕王了，你們以為此人如何？」孫策環視站在面前的九人問道。

「燕王不怒而威，確實有一方霸主的氣度。不過，燕王手下的甘寧卻是我軍的死敵，以前他是黃祖的部下，如今他到了我們吳國，應該想辦法儘快除去他，不然難以向死去的兄弟交代。」凌操首先出聲道。

「不妥！」董襲反對道：「甘寧現在貴為燕國五虎將之一，更是燕王的心腹大將，此次他隨燕王一起前來，如果我們殺了他，等於是在給自己找麻煩，以燕王和王上的情誼來看，王上定會勃然大怒。王上的脾氣你們都知道，最好別自找麻煩。」

「仇人就在眼前，若不立刻將其斬殺，怎麼對得起慘死在他手下的兄弟？我們策瑜軍行事，向來講究一個『**義**』字，當初若不是少主以義氣為重，我也不會前來投靠，難道時隔兩年，沒有仗打，你們就沒有義氣了嗎？」

凌操嫉惡如仇，睚眥必報，同樣重情重義，他之所以將甘寧視為死敵，是因為他的親弟弟便是死在甘寧的手上。

「凌大哥，此一時彼一時，當時甘寧是在黃祖手下，如果他現在依舊在黃祖手下，你殺他的話，我們沒有一點意見。可是現在甘寧已經是燕王帳下的大將了，燕王不遠千里而來，人家是來護衛燕王的，你卻要殺他。其實，殺他也不是不可，但是我們不能在吳國境內殺他。」陳武道。

「子烈說得對，凌大哥，就算你要殺他，也應該等甘寧離開吳國之後。如果你一意孤行，在吳國境內殺了甘寧，一旦傳出去，只怕會有損王上的名聲。吳國自從重新占領淮南之後，兩年的休養生息使民眾安居樂業，許多人也因此來投靠王上，吳國正在蒸蒸日上之時，你千萬不能做出什麼傻事。」賀齊勸道。

凌操聽到自己的意見被好幾個人反駁，再看孫策的表情也有些陰鬱，不禁看向周瑜，道：「軍師，你是明白人，你應該說句話啊，到底是殺還是不殺？」

周瑜輕搖手中的羽扇，見眾人將目光集中在他的身上，道：「殺，必須殺，不殺的話，會有無窮的後患。」

周泰聽後，立刻說道：「軍師，你一向以大局為重，為什麼今天突然……」

凌操聽到周泰反駁，立刻叫道：「周幼平，你胡說八道些什麼？軍師選擇殺人，正是以大局為重，甘寧這個人不除不行，此人罪孽太重，必須要儘快除掉才行，我……」

他話還沒有說完，便被周瑜給打斷了，只聽周瑜說道：「誰說要殺甘寧了？」

一句輕描淡寫的話，立刻引來所有人的疑惑，大家心中都在想：「不殺甘寧？那殺誰？」

孫策道：「公瑾，你是不是有什麼話說？」

「還是少主聰明，我一開口，便知道我要說什麼。」周瑜緩緩地道：「我的意思是，**殺燕王，而不是甘寧**。」

「殺燕王？」眾人皆驚詫不已。

周瑜點點頭道：「燕王乃一國之主，河北之雄，以後必會成為和王上爭奪天下的大患，如果不儘早除去的話，只怕會後患無窮。王上重情重義，可是以我今天對燕王的觀察，此人居心叵測，實在是個危險人物，必須儘早殺掉，以免留下後患。」

房裡的氣氛頓時變得緊張起來，大家你看看我，我看看你，最後把目光都落在孫策身上。

「少主，這件事必須做，當斷不斷，必受其亂。」周瑜一改往日謙和的表情，就連說話的語氣也變得十分嚴肅，不再和孫策稱兄道弟，而是以幕僚的身分建言，在眾人的印象中，這還是頭一次。

孫策皺著眉頭，見眾將的目光中都帶著一種期待，慎重地道：「這件事事關重大，不是我可以胡亂造次的，今日父王親自迎接燕王，消息已經傳遍整個東南，燕王前來做客，我們卻殺了他，傳出去，以後誰還敢來我們吳國？」

「話雖如此，但是**無毒不丈夫**，這是最好的一個機會。燕國雄踞河北，我國獨霸東南，中間夾著一個魏國，他此次前來，必然另有目的，絕非單純前來探望吳王殿下。」周瑜道。

「我明白，但是父王和燕王之間有過約定，就是為了這個約定，父王才從長沙一路打到這裡，這件事只有父王、程普、黃蓋、韓當、祖茂和我知道，所以燕王只能是友非敵。不可殺害。」孫策為難地道。

「約定？什麼約定？」周瑜問。

孫策道：「兩家聯合，共同輔政，為營造一個新的大漢江山而努力。」

「哈哈哈哈……」周瑜聽後，哈哈大笑道：「這種騙人的鬼話，根本就是一戳就破，正所謂一山難容二虎，若使兩家聯合共同對付一個敵人，這應該不會有什麼問題，但是，若要兩家共同輔政，只怕是大大的不妥，而且還會引來兩派臣子的權位之爭……」

孫策嘆道：「公瑾不用說了，這件事不能做，公瑾一向顧全大局，為什麼沒有考慮清楚這樣做的後果？」

「正是因為考慮清楚了，我才這麼說的。就說燕王被魏國潛伏在吳國的刺客刺殺，意外身亡。這樣一來，燕國就會群龍無首，那麼燕國和魏國之間的盟約就不會存在了，以魏王曹操的雄才大略，不會看不清楚形勢，必然會發兵北上，趁勢占領河北。正所謂，**螳螂捕蟬，黃雀在後**，只要曹操敢北渡黃河，我軍便可兵出淮南，直插徐州、豫州，然後橫掃中原，截斷曹操的後路，**只要我軍和燕軍相互配合，夾擊曹操，魏國必滅**。」

周瑜說話時，神采飛揚，胸有成竹，流露出的那份自信，也影響了周圍的人。

「魏國是滅了，燕國又當如何？」周泰不解地道。

「燕國群龍無首，加上燕王和王上親如兄弟，只要王上派人前去招誘，不費吹灰之力便能奪下整個燕國。如此一來，半個大漢就握在了王上的手中，此後兵分兩路，向西挺進，一路取荊州，入西川，另一路先占領司隸，接著攻關中，平定西域，不出十年，則天下可定。」周瑜說出了心中的想法。

「公瑾雄圖二分之計，倒是妙計，不過，這是件大事，必須要經過父王恩准才行。我所能動用的，只有一萬策瑜軍，要想完成此等大事，必得動用全國的兵力，傾全國的人力、物力、財力來打這一仗。公瑾的妙計是一個長遠的計畫，**眼前需要解決的，則是暗殺燕王真的有這個必要嗎？**」

周瑜對孫策的勇力十分佩服，但是對孫策的政治目光卻很不苟同，不是說孫策的目光不夠遠大，只能說人無完人，上天賜予孫策勇猛的膽識和武力，卻沒有賜給他運籌帷幄的智略，在這一點上，他一直認為孫策不如自己。

他嘆了口氣，搖搖頭道：「此事雖然事關重大，但是要做到滴水不漏，也很容易，刺殺燕王一人，卻換來王上永固的江山，這件事放在誰的頭上，誰都會願意去做。只是，王上是個極其重情重義的人，以他和燕王的交情，必然不會選擇這樣做。所以，**這個罪只能由我來承擔，暗中刺殺燕王，讓天下人都以為是曹操派來的，這樣的話，就不會再有什麼後顧之憂了。**」

「你有辦法？」孫策動了一下嘴脣，問道。

「如果沒有這個把握，我絕對不會向少主提起。」周瑜很有把握地道。

孫策的眉頭皺得更緊了，陷入沉思當中，過了好一會兒，他才說道：「你們都退下吧，這件事事關重大，我必須好好思量一番。」

「諾！」周瑜等九人齊聲道。

九人陸續出了孫策的房間，凌操跟在周瑜的身後，輕聲說道：「軍師，今天這事多謝你了，讓周泰去殺燕王，甘寧就交給我來殺吧。」

周瑜聽後，突然停住腳步，冷冷地道：「我有說過要殺甘寧嗎？」

凌操臉上一驚，問道：「軍師，你剛才不是說要刺殺燕王嗎？燕王都殺了，還留著甘寧做什麼？」

「有用！如果沒有用的話，我不會選擇留下甘寧。不過，甘寧一介武夫，不殺他，反而要好過殺他。」周瑜邪笑道。

凌操納悶道：「軍師，你說話太讓人難捉摸了，甘寧留著能做什麼？不如殺了算了，萬一甘寧走漏風聲，那就糟糕了。」

「嘿嘿，你說得沒錯，**我就是要用甘寧去走漏風聲**。」

「軍師？你……」凌操不敢相信地望著周瑜，不解地道：「這種事巴不得越少人知道越好，你怎麼可以讓甘寧去走漏風聲，難道你想讓全天下的人都知道我們殺了燕王嗎？」

「錯！**我是讓全天下的人都知道，是曹孟德派人刺殺了高子羽。**」

周瑜說完，斜視了眼周泰，問道：「你可有把握？」

周泰尋思道：「軍師，少主還沒有做出定奪，是不是等少主下定決心後再殺燕王不遲？反正他肯定要在吳國逗留一段時間。」

「不，這件事拖得越久，對我們越不利，只有出其不意，而且越快越好，讓高飛不能有所防範。我只問你一次，你可有把握？」周瑜正色道。

「軍師，少主不發話，我們豈能單獨行動？」董襲急道。

「少主在問我是否有辦法的時候，就已經有這個意思了，只是早晚的問題。在我看來，晚殺不如早殺，殺了之後，我們才可以坐山觀虎鬥。」周瑜自信地道。

周泰也下了決心，他跟隨孫策那麼久，自然能夠揣摩出孫策的心跡，只不過是想借著周瑜的口把事情給說出來而已。他點點頭道：「軍師，什麼時候動手？」

周瑜道：「擇日不如撞日，就今日吧。」

周泰對周瑜的要求感到有點措手不及，在他的想法，應該是周瑜設宴款待高飛，然後在酒席上把高飛殺掉，可是他想錯了。

「夜晚？」

「不，白天，午時三刻。」周瑜道。

周泰抬頭看了看天空的太陽，對周瑜道：「軍師，那我去準備一下，不成功便成仁。」

「一定要成功，即使不成功，也要借機誣陷曹操一把。」周瑜說完，附在周泰的耳邊交代了幾句。

周泰聽後，連連點頭，臉上也露出了笑容，讚道：「軍師妙計，今天便讓高飛喪命。」

蔣欽、董襲等人則面面相覷，不知道周瑜到底對周泰說了什麼，竟然能夠讓周泰這個「黑面王」露出難得一見的笑容。

周泰辭別眾人，急急離開，去準備他該做的事情了。

周瑜則笑著對身後的人道：「好了，都跟我回去吧，等候周泰的好消息。」

一彎新月高高地掛在天空，在水面上投下淡淡的銀光，增加了水上的涼意。

對面的「晚香樓」冷清清地聳立在銀光下面，樓前是一片白燦燦的花朵，還有山、石壁、桃樹、柳樹，在銀白的月光下，似乎都含著一種不可告人的秘密。

「晚香樓」臨水而建，緊挨著一條彎曲的溪流，在江南這種水鄉裡，這種建築比比皆是。

燕王高飛下榻在曲阿縣城「晚香樓」的消息已經人盡皆知，吳王孫堅為了保護高飛的安全，特別派遣程普、黃蓋帶兵守在四周，以防止不測。

「晚香樓」的官邸中，樓上樓下都睡得靜悄悄的，吳兵在外面巡邏，絲毫不敢靠近內院一步，整個「晚香樓」在夜裡顯得死一般的靜謐，所有的房間都沒有燈火，只有廁所前面掛的一盞植物油燈，光色昏濁。

子時剛過，廁所的橫梁上跳下來一個人影，那人黑衣蒙面，目光中露出凶光，用很快的速度掃視整個「晚香樓」。

那黑衣蒙面之人，正是策瑜軍的第一大將周泰，他白天化妝成奴僕，悄悄地溜進「晚香樓」，藏身在廁所的橫梁上，忍受著廁所裡散發出來的惡臭，足足待了半天，此時一出廁所，頓時感覺神清氣爽。

周泰從背後摸出一把鋒利的匕首，握在手心裡，躡手躡腳地從一個遮蔽物移動到另一個遮蔽物的後面。

他出身貧寒，父母雙亡，十歲時便流落江湖，在亂世中飽受人間疾苦，為了能有一口飯吃，他被迫殺人越貨，摸爬滾打了好幾年，雖然沒有名師指導，卻自學成才，練就了一身好武功。

十四歲那年，他遇到同郡壽春縣人蔣欽，兩個同為亂世孤兒的少年一見如故，遂拉幫結派，在淮南一帶迅速拉攏了一支匪幫，專門劫富濟貧，殺貪官，除惡霸，縱橫揚州九江郡無人能擋。

一年之後，孫堅發兵攻打九江郡，在強烈的攻勢下迅速占領了九江郡。孫堅聽聞九江郡盜匪猖獗，準備出兵剿匪，孫策打聽到周泰、蔣欽等人所在的位置，單槍匹馬獨闖周泰、蔣欽的山寨，憑藉著過人的武力連敗周泰、蔣欽二人，後又曉以大義，周泰、蔣欽便率眾歸順，不再做打家劫舍的勾當，他們的部下也就自然成為策瑜軍的原始力量。

今天，為了吳國的將來，他又重新操起了舊營生，手持利刃，夜入民宅，準備再次行凶殺人。

周泰早已打聽好燕王高飛所在的房間，很快地便潛入高飛所在的房間，熟練地用匕首弄開門閂，手腳俐落地鑽了進去。

周泰聽見床上傳來斷斷續續的呼聲，心想：「沒想到燕王的鼾聲比豬還響……」

他躡手躡腳地靠近床邊，看著躺在床上蒙著被子的人，喜上眉梢，舉起手中的匕首，猛然刺了下去。

「吭……」一聲刺耳的叫聲頓時響了起來，被褥下的豬登時胡亂的踢騰起來。

周泰一臉驚訝，他不明白睡在燕王床上的為什麼會是一頭豬。那麼，燕王哪裡去了？

不等他再細想，院落中突然衝出一群手持火把的人，門外燈光四起，照亮了半個夜空。

「裡面的人聽著，你已經被包圍了，識相的話，快快出來束手就擒！」一個嘹喨的聲音響起，聲音雖然略顯蒼邁，卻鏗鏘有力。

「我向來行事縝密，為什麼竟會失手？難道有人洩密？」周泰皺起眉頭，納悶地想道：「知道這件事的都是策瑜軍的人，絕對不會有人洩密，為什麼燕王會提前知道我的行動？」

門外又傳來喊聲：「裡面的人，快點出來！」

這個聲音，周泰並不陌生，正是吳王孫堅帳下四大將之一的程普，他走到窗邊，用手在窗紙上戳開一個小洞，湊過去看了眼，但見門外弓弩齊備，刀槍林立，程普、黃蓋各自手握兵器的站在那裡。

「今天真是偷雞不成蝕把米，程普、黃蓋兩位將軍都武藝過人，要想逃脫，還真不容易，而且還不能讓他們認出我來，不然少主蒙羞不說，吳王的臉上也會十分難堪。」周泰犯難道。

正當周泰不知道該如何是好的時候，房裡傳來「騰」的一聲響，他心中一驚，但見一個同樣黑衣蒙面的漢子出現在自己的面前，從他落地的地方來看，應該是在房梁上隱藏了很久。

「你是誰？」

周泰緊握著手中的匕首，眼裡露出凶光。

那黑衣人冷笑一聲，道：「**我是誰並不重要，重要的是，我可以幫你脫身**。外面站滿了人，程普、黃蓋又絕非庸手，你想平安無事的出去，根本是癡人說夢。可是，你也不能死，你要是死了，你的身分就會被公開，到時候，不但少主臉上無光，吳王也難辭其咎。要知道，吳王和燕王的關係可是非同尋常。」

「你到底是誰？」周泰疑雲大起，心想此人果然不簡單，竟然連他是孫策派來的都知道的一清二楚。

「我說過，我是誰並不重要，重要的是，我可以幫你脫身，讓你安然無恙的離開此地。」黑衣人說話的語調陰陽怪氣的，像是在揑著嗓子說話，怕別人聽出他的聲音來。

「你為什麼要幫我？有什麼企圖？」

周泰可以肯定此人絕非策瑜軍的人，否則不應該不以真面目示人，而且對方故意揑著嗓子說話，也表示不想讓人知道他是誰。

「你的問題太多了，你到底想不想離開這裡？」黑衣人問。

「你有辦法？」周泰毫不猶豫地道。

從對方的態度來看，應該是友非敵，否則從一開始對方就可以突下殺手，可是對方沒有這樣做，還現身要幫自己逃走，似乎早就預料到這一切一樣。

「我知道你在想什麼，但是請你放心，我對你絕對沒有惡意。『晚香樓』裡裡外外已經被圍得水洩不通，你插翅難逃，如果你信得過我，就跟我走。」黑衣人道。

周泰看了看四周，果真是上天無路，下地無門，哪裡有什麼出路，可黑衣人似乎早就有了脫身之計，便點點頭道：「我相信你，你帶我離開這裡，我會重重的賞賜你。」

黑衣人笑道：「那倒不必，你跟我來！」

黑衣人走到床邊，將床上的死豬給推了下去，掀開床單，逕自鑽到黑洞洞的床底下。

周泰站在原地猶豫了一會兒，外面傳來程普的叫聲，黑衣人從床底下露出頭，催促道：「你到底走不走？想脫身走的話，就進來。」

「走！」

周泰不再猶豫，走到床邊，伸手一探，竟然床底下有一個大洞，失聲道：「『晚香樓』居然有密道？」

黑衣人不等周泰反應過來，一把將周泰給拽進密洞裡，然後合上擋板，拿出火摺，小聲對周泰道：「噓……程普、黃蓋來了。」

「呼！」周泰吹滅黑衣人手中拿著的火摺，小聲道：「不能有一點亮光，不然會被發現。」

火摺一被吹滅，暗格內頓時陷入一片黑暗。

「砰！」程普踹開房門，衝了進來，但見房間內空空如也，不禁狐疑地道：「人呢？」

黃蓋緊接著也進了屋子，看到床邊一頭死豬，地上流了一片血跡，奇道：

「沒有任何跡象，難道刺客插上翅膀飛走了不成？」

「實在太詭異了，明明看見有人進來的，怎麼之一眨眼的功夫，人就不見了？」程普環視了一圈，沒有發現什麼，不解地道。

「真是活見鬼了！」黃蓋亦是納悶不解。

這時，高飛在甘寧的陪同下進了房間，問道：「怎麼樣？抓到刺客了沒有？」

程普、黃蓋見高飛來了，向高飛抱拳道：「拜見燕王殿下。」

「免了，看來刺客很狡猾，弄清刺客的身分了嗎？」高飛看到地上躺著一頭死豬，滿地血污，問道。

程普道：「殿下，刺客神龍見首不見尾，只見他進來，卻不見他出去，整個『晚香樓』都被我們包圍了，連隻蒼蠅也飛不出去，可是我們進來的時候，卻不見刺客的蹤跡，難道這刺客真的有上天入地的本事不成？」

「刺客……刺客逃跑了，快來人抓刺客啊……」「晚香樓」外，不知道是誰大喊著，頓時引起所有人的注意。

程普、黃蓋面面相覷，他們怎麼也不會相信刺客居然真的逃了出去，但是當著高飛的面，不管是真是假，第一反應就是趕緊去抓刺客。

「殿下請在此稍候，我們去去就來。」程普說完，急忙對黃蓋道：「公覆，你帶五十人留在這裡保護燕王殿下的安全……」

高飛不等程普說完，打斷他的話道：「程將軍，刺客來無影去無蹤，恐怕是個很難對付的角色，我有甘寧貼身護衛足矣，就不煩勞黃將軍了，兩位將軍應該儘快去抓刺客才對。」

程普和黃蓋對視一眼，兩人十分默契地朝高飛拱手道：「既然如此，我等便去追刺客了，但為了燕王的安全，必須留下一百人守在『晚香樓』的四周，以確保燕王無虞。」

「嗯，你們去吧，內院中有我的人保護我，用不著他們，而且還有我大燕的郡主在此，怕有諸多的不方便。」高飛道。

程普、黃蓋便留下一百人守衛「晚香樓」，向「抓刺客」的聲音追了過去。率部而出。

待吳兵一走，「晚香樓」的內院又恢復清靜。高飛看著地上的那頭死豬，對身後的隨從道：「將死豬抬到伙房去，命廚子做一些美味的菜肴，一會兒慰勞慰勞看守在『晚香樓』外的士兵。」

「諾！」

周泰和黑衣人躲在暗格內，對外面的話聽得清清楚楚，周泰更是大氣都不敢出一下。

起初，他還以為面前的黑衣人是高飛或者甘寧，現在聽見高飛和甘寧就站在離他不遠的地方，他便打消了準備殺死黑衣人以自保的想法。

他不是怕死，而是擔心自己的身分暴露，一旦身分暴露了，只怕會給吳國引來極大的災難。

但是，周泰始終想不通，這個計畫知道的就那麼幾個人，作為他的少主，孫策自然不會自己打自己的臉；周瑜是軍師，這個計畫是他定下的，更不會自掘墳墓；蔣欽、陳武、董襲、凌操等人都是自己患難與共的好兄弟，也絕對不會出賣自己……

一想起這件很是詭異的事來，周泰的頭都大了，他完全無法了解這到底是怎麼一回事。

突然，他聽到暗格外高飛爽朗的話音。

「周瑜這小子，這個妙計確實很不錯，看來吳國已經被他玩得團團轉了，不枉我當年栽培他一番。不過，人算不如天算，到底還是讓周泰給逃走了。不過，這周泰到底是怎麼逃走的，實在讓人匪夷所思啊。」

周泰聽了，心中一片混亂，不明白為什麼高飛會說出這種話來。

正當他還在百思不得其解的時候，又聽到甘寧接話道：

「王上神機妙算，早就算準了吳國會有這麼一天，所以才把周瑜早早的安排在廬江，讓他假意輔佐孫氏，可是**孫氏哪裡知道，這一切都是王上早就交代給周瑜的任務呢？**王上若是今日不把舊事告訴給甘寧，甘寧也不會如此冷靜，以我的脾氣，就算是掘地三尺，也要把刺客給找出來。」

「嗯，這件事你可要記住，一定要爛在肚子裡，周瑜的事，從此以後，誰也不要說起。如今周瑜已經成為策瑜軍的軍師，再過幾年，以他的才華，定然會掌控吳國的軍隊，到那時，我就可以不費吹灰之力的將吳國牢牢地掌控在手裡了。」

「王上英明，臣對王上深謀遠慮敬仰萬分。」

「哈哈哈，孫氏父子真是太天真了，也不想想我為什麼讓他們來東南？為什麼我又不遠千里迢迢的來到吳國，表面上是為了見孫堅，實際上，我是衝著周瑜來的，我想親眼看看，周瑜離掌控吳國大權的時間還有多久。」

「王上，『晚香樓』已經不安全了，不如去和吳王待在一起，也好進行下一步的行動。」甘寧道。

「嗯。」

過了好一會兒，直到外面悄無聲息的時候，周泰和黑衣人才從暗格中爬了出來。

周泰此刻心情很亂，昔日自己最為信賴的周瑜，轉眼間竟變成了另外一個人，這讓他無法接受，也不願面對這個殘酷的現實。可是，他聽得很仔細，高飛和甘寧的對話又沒有絲毫破綻，他不知道該如何是好，也不知道該怎麼辦。

「你趕快離開這裡，這裡不是久留之地，如果程普、黃蓋沒有追到刺客，必然會折返回來，那時候，你就真的插翅難逃了。」黑衣人見周泰神情恍惚，急忙催道。

周泰道：「多謝恩公救命之恩，周泰無以為報，敢問恩公姓名，日後也好報答恩公的恩情。」

黑衣人擺擺手道：「不必了，周將軍趕緊離開這裡吧，再不走的話，怕是真的來不及了。」

周泰想了想，向黑衣人抱拳道：「那恩公何去何從？」

「從哪裡來，自然回哪裡去。你不用管我，你走吧。」黑衣人道。

周泰不再說什麼，向黑衣人拜了拜，以敏捷的身手離開了。

此時，整個曲阿縣城都被驚動了，抓刺客的喊聲到處都是，火光一片，兵馬流動，他到了安全的地方，立即脫去夜行衣，拿出早已準備好的盔甲披在身上，大搖大擺的出現在大街上，和士兵一起抓刺客。

「晚香樓」裡，黑衣人也解開面紗，脫去了夜行衣，然後放了把火，「晚香樓」頓時陷入火海之中。

這時，高飛看見「晚香樓」前縱火的那個漢子，便道：「仲業，你做得不錯，這次周泰鐵定相信周瑜是我的人了。」

那叫仲業的漢子不是別人，正是燕國十八驃騎之一的**文聘**，他白天和蘇飛、王威、施傑在曲阿港口停靠好船隻後，便將船隻交給蘇飛、王威、施傑指揮，自己則快馬加鞭來到曲阿城，和高飛相會，剛好遇到高飛指派任務，便配合高飛、甘寧合演了這一齣好戲。

文聘徑直走到高飛的身邊，抱拳道：「末將參見王上。」

高飛擺擺手，示意文聘免禮，道：「你做得很好，剩下的事就交給我去做吧，相信現在孫堅該坐不住了。」

甘寧道：「王上，其實最該感謝的應該是郡主才對，若非她發現了異常，回來通知王上，只怕後果不堪設想。」

高飛點點頭，沒有說話，心中想道：「小櫻的忠心自然是不用說的，我在來東吳的路上，就已經和她說得明明白白了，如果不把前因後果和她說清楚，以她的個性，若是知道我一直在利用她，恐怕會恨我一輩子。與其讓她蒙在鼓裡，不如讓她知道我的計畫。**或許，我在她的心裡成了一個十足的小人，但是真小人總比偽君子要強多了。**」

「晚香樓」被文聘的一把火燒著，火勢向四周蔓延開來。文聘看著火龍吞吐，便對高飛道：「王上，這裡不宜久留，應該儘快離開此地，以免被大火所傷。」

三人剛走出「晚香樓」，便見孫堅穿著一身便裝，帶著張紘、韓當、祖茂等人急匆匆趕了過來，神情很是慌張。

第九章

當局者迷

孫策、周泰齊聲問道：「你是說，這一切都是燕王高飛安排好的？」

魯肅笑道：「這是很明顯的一件事。不過，當局者迷，旁觀者清，這個計策用的十分巧妙，換做是我的話，估計也會陷入一時的混沌當中。」

孫堅本來已經休息了，睡到正酣時，被韓當的一陣敲門聲給吵醒了。當他聽聞高飛遇刺的事情時，頓時變得很是緊張，急忙召集人馬，隨便披了一件衣服，便匆匆出門。

曲阿縣衙在東城，「晚香樓」在西城，縣城雖小，街道卻寬，孫堅帶著人剛出縣衙，便發現城中到處都是抓刺客的聲音，他有一種不祥的感覺，快馬加鞭地趕向「晚香樓」。

好不容易看到「晚香樓」，卻發現「晚香樓」失火了，孫堅慌了神，如果燕王真的意外身亡，他難辭其咎。

此時，孫堅見到高飛安然無恙，臉上一喜，急忙走到高飛的面前，一把抓住高飛的手道：「子羽，你沒有事吧？」

高飛笑道：「兄長不必擔心，我福大命大，不會有事的。我要是有事的話，怎麼可能站在這裡呢？」

孫堅轉過身子，對韓當道：「程普、黃蓋是幹什麼吃的？二百精銳士卒，還守不好一個『晚香樓』？你去找程普、黃蓋，立刻免去他們兩人的所有職務，讓他們在家好好反省一番。」

高飛聞言，趕忙對孫堅道：「兄長，若非程普、黃蓋二位將軍在此把守，聽候我的號令，部署下這一切，只怕兄長也見不到我了。兄長應該獎賞程普、黃蓋兩位將軍才對。」

孫堅罵道：「他們兩個到現在還沒有抓到刺客，實在是無能，這種無能之人，留著也沒有什麼用，不要也罷。」

「不，不是他們無能，而是刺客太過狡猾了。不過，百密一疏，他終究還是露出了一絲馬腳，我已經知道刺客是誰派來的了，無需再為了一個刺客弄得滿城風雨，傳出去，對兄長的名聲不好，人家或許會說，堂堂的吳王竟然連一個刺客都抓不到。我希望兄長能夠大事化小，小事化無，就當沒事發生好了。另外，從死囚裡隨便拉一個人出來，充當刺客，就地正法，以安民心。」高飛替程普、黃蓋辯解道。

張紘站在孫堅的背後，聽了高飛這番話，不禁嘆道：「此人果然很會拉攏人心，幾句簡短的話就能讓人的心暖暖的，若是程普、黃蓋二人在此，必然會對高飛感激不盡。看來相國大人的擔心是對的，高飛絕不是一個簡單的人……」

孫堅想了想，覺得高飛說的很有道理，便道：「子羽老弟字字珠璣，倒是讓我這個做兄長的無地自容了。」

高飛聽了孫堅的客套話，便道：「兄長客氣了，以兄長江東猛虎的名聲，足可以證明兄長的雄才大略，不然揚州也不會被兄長全部占領。」

「雄才大略談不上，衝鋒陷陣我倒是一流，說起治國來，若不是有張昭、張紘二人幫襯，吳國根本不可能有如此穩定的發展。對了，你剛才說知道刺客是誰派來的？」

高飛點點頭，向甘寧使了個眼色。甘寧從懷中掏出一枚權杖，欠身遞給孫堅，說道：「吳王請過目。」

孫堅接過那枚權杖，赫然看見一塊四方的權杖上刻著一個「曹」字，他心中一驚，腦海中立刻浮現出一個人十分熟悉的人來，不禁失聲道：「**曹操？**」

高飛笑道：「兄長是這麼想的嗎？」

「這權杖我見過，是曹操帳下虎豹騎專用的權杖，虎豹騎是曹孟德帳下的精銳，只受曹孟德一人調遣，**如今證據確鑿，不是他還能是誰？**」孫堅緊緊地握著權杖，眼裡放出凶光，「沒想到曹孟德居然對你下如此狠手！」

張紘一直待在孫堅的背後，聽出高飛話中的弦外之音，便附在孫堅的耳邊，道：「王上，燕王似乎並不這樣認為，我猜他另有看法，不妨聽聽他的見解。」

孫堅看著高飛，道：「賢弟，你是怎麼看待這件事的？」

高飛回頭看了眼還在燃燒的「晚香樓」，對孫堅道：「兄長，此地不是說話之地，可否……」

孫堅立刻意識過來，哈哈笑道：「這裡確實不是說話的地方，可惜『晚香樓』曾經是曲阿城最豪華的建築，已經付之一炬了，不如就請賢弟到縣衙裡，和我通宵暢談如何？」

「如此最好。」

隨後，孫堅和高飛並肩而行，甘寧、文聘、張紘、韓當、祖茂等人緊隨其後，在回縣衙的路上，正巧碰到了程普、黃蓋，孫堅沒有怪罪，只讓他們儘快平息城中騷亂。

當孫堅、高飛一行人來到縣衙後，高飛環視一圈，對孫堅等人說道：「**兄長可知道有一個計策，叫做借刀殺人嗎？**」

「借刀殺人？」孫堅和在座的人都吳國文武群臣都面面相覷，不明白高飛在說什麼。

高飛道：「這個刺客來無影去無蹤，程普、黃蓋兩位將軍是親眼見到的，此等身手的人，怎麼可能會輕易留下信物呢？顯然這是栽贓嫁禍。」

孫堅覺得有道理，便問道：「**那賢弟認為是誰在栽贓嫁禍呢？**」

高飛道：「如果是曹操，根本不會這樣做，他會明目張膽的來殺我，我和曹操之間雖然有點小小的摩擦，但是訂立了盟約，相信曹操不會那麼早違背盟約。如果我真的在吳國遇刺身亡，兄長又相信了這是曹操所為，必然會和曹操之間有一場大戰，燕國的軍民得知我死在吳國，必然會對魏、吳兩家仇視，那麼，燕、魏、吳便會同時開戰，天下將會烽煙四起。這樣分析後，只有希望我們三家都打起來的人才會做出這樣的事情來。」

「希望我們三家同時打起來的人？那是誰？」孫堅奇道。

高飛眼中露出一絲狡黠，道：「兄長可以想想，**現在誰最希望我們三家打起來，他好坐山觀虎鬥？**」

孫堅想了想，推測道：「自從袁術被我和曹操聯手攻滅之後，天下除了曹操、賢弟和我之外，就只剩下劉備、劉璋、馬騰、士燮四人。劉璋、士燮偏安一隅，馬騰恪守長安小朝廷，雖然曾經對西川用兵，但是沒有拿下，反而因為道路阻隔，不得不退回漢中。這麼說來，就只剩下占據荊州的劉備了，難道……賢弟說的是劉備不成？」

「劉備此人，道貌岸然，居心叵測，除了他，還能有誰？他的帳下有關羽、張飛，皆是萬夫莫敵，那關羽又曾經在伊闕關外斬殺了天下無雙的呂布，張飛和關羽的武力不相上下，二人的身手遠在程普、黃蓋之上，若有一人前來，自然是神出鬼沒的。」

「我和劉備無冤無仇，他為什麼要這樣做？」孫堅不解地道。

「有句話說得很好，害人之心不可有，防人之心不可無。**兄長沒有害人之心，豈知他人有沒有害人之心呢？**劉備反覆無常的偽君子，這樣做，只有一個目的，就是坐山觀虎鬥，看著我們三家打起來，他好坐收漁人之利。等我們三家都筋疲力盡的時候，他就會揮軍沿江東下，第一個先掃平兄長的吳國，這叫近水樓臺先得月，之後再進行北伐，那麼，整個大漢就沒有人可以抵擋了。」

孫堅聽後，背脊上冒出一層冷汗，他對劉備不怎麼熟悉，只知道劉備曾經投效過好幾位諸侯，一直是游離於諸侯間的人。

他將手中的權杖猛然擲在地上，恨恨地說道：「險些上了那劉玄德的當了。」

高飛見狀，心中一陣竊笑，嘴上卻安慰道：「兄長勿憂，此時應該先下手為強，趁劉備立足不穩之時，發兵攻打荊州，將荊州和揚州連成一片。」

孫堅等人聽後，都為之一震。荊州對於孫堅來說，一直是不可言說的傷痛，當年他為長沙太守時，平定了荊南四郡的區星作亂，使荊南四郡暫時恢復了平靜。可是，作為有功之人，他卻沒有受到表揚，反而遭到劉表的嚴厲斥責，斥責他不聽號令，私自用兵。

孫堅從此心裡有了心結，從未對人透露過。

後來，曹操發布檄文討伐董卓，孫堅以大局為重，接受劉表的調遣，出兵五千前去會盟，直到再次遇見高飛後，高飛的一席話才讓他燃起稱霸東南的雄心。於是，孫堅在董卓敗亡後帶兵回長沙，收拾兵馬，對揚州刺史劉繇不宣而戰，占領了和長沙接鄰的豫章郡，經過一路攻殺，終於打下揚州六郡作為根基。

然而，他對劉表一直耿耿於懷，對荊州也同樣覬覦，曾經多次出兵攻打江夏，想先占領江夏，再奪南郡，卻因為水軍草創，屢屢受挫，最後不得不形成對峙。

「劉表已死，取而代之的是劉備。劉備出身低微，乃販賣草鞋的人，假託漢室貴胄，騙了不少人。如今劉備表面上占領荊州全境，實際上，荊州裡面魚蛇混雜，只要兵事一起，必然陷入動亂之中。」高飛見孫堅動容，乘勢勸道。

對荊州的事，孫堅比高飛要瞭解的清楚，他很明白荊州複雜的局面。

他猛拍了下大腿，道：「程普，你星夜趕往建業，讓張昭準備糧草、軍餉、器械，並且集結大軍，我要親自出兵江夏。」

此話一出，在座的吳國大臣都是一臉驚訝，感覺這個決定太過突然了，讓他們措手不及。

張紘欠身道：「王上，兵者乃國之大事，何況向劉備宣戰，也要先進行一番準備才行，就算命令下達了，短時間內，相信相國大人也難以調度糧秣、軍餉，還請王上暫緩行動，以待從長計議。」

「兵貴神速，若等到調度完畢，只怕荊州也已經做好了防範，再去的話，就失去了意義。這件事就這樣定了，休得多言。程普，你還愣在那裡幹什麼，還不趕緊離開這裡！」孫堅一擺手，直接拒絕了所有的建議，很有魄力地說。

高飛急忙道：「文台兄，且慢。」

孫堅對自己的部下要求嚴格，可是對平起平坐的高飛卻不能約束，道：「賢弟有什麼話要說嗎？」

高飛點點頭，道：「文台兄，雖然說兵貴神速，但若是沒有很好的後勤補給，你在前線打仗的將士吃什麼，喝什麼？我雖然建議兄長去攻打荊州，可是以目前的情況來看，並不急在一時。文台兄若真有拿下荊州的打算，那就應該沉住氣，安心的在國內進行兵力的調度，一方面不能讓楚軍看出什麼眉目來，另外一方面，要開始對軍隊進行集訓，養精蓄銳，方能百戰不殆。」

張紘趕忙附和道：「是啊大王，燕王殿下說的很有道理，臣下也是這個意思。」

孫堅冷笑一聲，斜視著高飛道：「賢弟，**讓我出兵打劉備的是你，阻止我出兵打劉備的也是你，你到底要幹什麼？**」

高飛笑道：「兄長，我這樣做也是為了你好，只要你能沉得住氣，再秘密訓練軍隊半年，半年之後，必然會猶如一把利刃一樣，直插荊州腹地。聽人勸，吃飽飯。兄長是來迎接我的，就應該帶領我遊遍吳國的山水，讓我體會一下南國的民風，不該去想那些煩惱的事，等我走了，兄長再獨自煩惱不遲。」

孫堅聽後，便同意下來，對高飛道：「有賢弟這等良友陪伴，我孫堅死而無憾。」

隨後，高飛又和孫堅寒暄了幾句，環視眾人後，故意問道：「咦？怎麼沒看見伯符呢？」

「曲阿城出了刺客，這麼大的事，以伯符的性格，肯定坐不住，為什麼沒有看見他？有誰知道他在哪裡嗎？」

高飛這麼一問，孫堅也有些納悶自己的兒子以及策瑜軍那些將領們怎麼一個都沒看見。

程普、黃蓋、韓當、祖茂、張紘等人面面相覷，他們也不知道孫策為什麼沒有出現。

孫堅吩咐程普、黃蓋道：「你們兩個去看個究竟。」

程普、黃蓋道：「諾！」

此時還在深夜，外面的夜空雖然被大火照亮，卻絲毫抵擋不住睡神的降臨。

孫堅命人給高飛安排了一個房間，並且派人嚴加護衛高飛。

高飛在甘寧、文聘的陪同下，來到縣衙裡一個獨門獨院的小院落，四周由韓當帶人親自護衛，內院則是高飛的親隨。

大廳裡，高飛剛剛坐下，還沒有來得及喘口氣，便見歐陽茵櫻走了進來。他臉上一喜，道：「小櫻，你來得正好，今天的事真是多虧你了，否則我必然會死在周泰的刀下。」

歐陽茵櫻面無表情的看著高飛，輕輕地欠了下身子，道：「大王這下該滿意了？這樣一來，周瑜必會受到孫策的猜忌，在吳國也必然待不下去，那就只有跟大王一起回燕國了。」

高飛朝甘寧、文聘擺擺手，道：「你們下去吧，沒有我的命令，任何人不得進來。」

甘寧、文聘答應一聲，徑直走出大廳。

「小櫻，說句實話，今天這件事多謝你了。」高飛愧疚地道。

歐陽茵櫻道：「你放心，我會按照約定將周瑜帶回燕國的，只要你記住你答應我的那個條件，就算這次不足以讓周瑜離開吳國，我留下來之後，也會有更多的辦法來讓周瑜離開。」

「唉！看來你我之間已經找不回我們兄妹之間的那份情誼了。」

「你救了我一次，我也救了你一次，我們算是扯平了，以後誰也不欠誰的了。但是，作為燕國的郡主，我自然會為燕國著想，繼續做你讓我做的事情。」

高飛搖搖頭道：「其實那天我只是為了刺激你，並非出自真心實意。你願意的話，可以隨我一起離開這裡。」

「既然來了，就不會那麼簡單的離開。今天我本來是去找周瑜的，卻意外發現周泰形跡可疑，隨後周瑜帶著策瑜軍的眾位將領出來，我躲在暗處，不小心聽到他們之間的談話，這才急忙回來通知你。」

「你做得很好，如果不是你提前通知我這個消息，我也不會將計就計。現在，就只等孫策和周瑜決裂了，孫堅這邊我也打了迷魂針，讓他對劉備有所提防。小櫻，今夜過後，你就會知道周瑜會有怎麼樣的遭遇，但是不管如何，從明天你，你要主動接近周瑜，讓他愛上你。」

「你放心，我會的。」

孫策端坐在房中，斜眼看了下周泰，道：「你說的都是真的？」

周泰重重地點點頭道：「末將絕不敢有半句虛言，這些話都是我親耳聽高飛和甘寧說的。」

孫策皺起眉頭，陰鬱著臉，道：「除了你以外，還有其他人知道這件事嗎？」

「沒了，我一出『晚香樓』，就直奔少主這裡來了，中間並未碰到任何人，也沒有接觸過誰。」周泰道。

「你做得很好。現在，你去將周瑜請來，我要當面問個明白。」孫策道。

周泰「諾」了聲，轉身走出房間，仰望夜空，心中慨然道：「軍師，但願我是錯的……」

孫策坐著一動不動，腦海中回想起他和周瑜認識之後的點點滴滴，此時突然聽到周瑜不為人知的另外一面，心裡面也是七上八下的。

不一會兒功夫，周泰便帶著周瑜進來了。

房間內，氣氛有點異常，周瑜環視一圈，見只有孫策、周泰和他自己，便搖著手中的羽扇，笑道：「伯符兄，你把我叫來，是有什麼事嗎？」

孫策沉默片刻，緩緩地道：「公瑾，有件事，我想聽你親口告訴我，不知道你是否願意說出來。」

「你我之間早就沒有秘密，還有什麼不好說的？你想問什麼，就儘管問吧。」周瑜若無其事的說道。

孫策看到周瑜若無其事的表情，便朝周泰使了個眼色。

周泰會意，走到周瑜的身邊，畢恭畢敬的抱拳道：「軍師，刺殺的任務失敗了，燕王高飛早做好了準備……」

周瑜點點頭，輕描淡寫地道：「我已經知道了，現在全城都在搜捕刺客，弄得滿城風雨，燕王已經隨王上住進了縣衙別院，由韓當護衛。」

周泰道：「軍師，我不明白，為什麼高飛會提前知道？這件事只有我們策瑜軍知道，別人一概不知，除非有人洩密，否則事情也不會弄到這個地步。軍師可知道洩密的人是誰嗎？」

周瑜搖搖頭：「策瑜軍都是肝膽相照的生死兄弟，不存在洩密的可能，你也不用猜了，因為根本沒有人洩密……」

「是嗎？」孫策冷笑一聲，譏諷地道；「那你告訴我，為什麼高飛會知道？

就連是周泰前去行刺都知道的一清二楚，這又該怎麼說？」

周瑜見孫策對自己產生了懷疑，反問道：「沒想到伯符兄也不相信我？」

「不是我不相信你，而是這件事實在有太多疑點。我記得我並沒有下令讓周泰去刺殺高飛，我還在猶豫的時候，是你讓周泰去刺殺高飛的，這件事的前因後果都與你脫不了干係。**公瑾，我們兄弟一場，難道我這幾年對你怎麼樣，你心裡還不清楚嗎？難道我們兄弟之間的情誼，還抵不過高飛曾經對你的救命之恩嗎？**」

孫策站起身子，走到周瑜的面前，伸出手按在周瑜的肩膀上，鄭重其事的說道。

周瑜看見孫策充滿懷疑的眼光，以及旁邊周泰略帶仇視的眼神，哈哈笑了起來。

「軍師，你笑什麼？」周泰不明白周瑜為何發笑，問道。

周瑜退後了兩步，向孫策拜了拜，朗聲道：「少主！公瑾再次懇請少主向王上進言，必須除掉高飛這個禍害。就今夜這件事來看，高飛並不像我想像中的那麼簡單，應該立即予以格殺，以免他在吳國境內再挑唆起什麼事端出來。」

「公瑾，你這樣做，到底目的何在？是因為你的身分暴露了，向我表決心嗎？」孫策環抱著雙臂，冷冷地道。

周瑜心冷道：「既然少主已經不再信任我了，那我再說下去，還有什麼意思。我周瑜對少主的心天日可鑒，我問心無愧。」

「你真的不想解釋一下？周泰可是親耳聽到高飛和甘寧的對話，要不要周泰把聽來的對話一字一句的說給你聽，看看我到底有沒有冤枉你？」

「不用了，清者自清，無需多言。」周瑜閉上眼睛，揚起頭，做出受死的樣子。

「周泰！」孫策見後，心中也是七上八下的，他不能隨便殺了周瑜，可是他又不清楚周瑜到底是否是冤枉的，便大喊了一聲。

「末將在，少主有何吩咐？」周泰問。

「把周公瑾暫時關押起來，沒有我的命令，任何人不得靠近他。」孫策道。

「諾！」周泰推著周瑜，剛走到門口，便見外面翩翩來了一位身體健碩，面目俊朗的少年，頭戴綸巾，身穿長袍，走起路來極為飄逸。

那少年約莫十八九歲，面白無鬚，看到周泰和周瑜準備離開孫策的房間，便問道：「軍師、周將軍，你們這是去哪裡啊？」

周瑜、周泰對眼前的這個人自然不陌生，見這人突然出現在這裡，都感到了一絲的驚奇。

「子敬兄深夜造訪，莫非是有要事找少主？」周瑜對著這個比他略長幾歲的少年道。

「公瑾，城中出了這麼大的情，你們還有心思在這裡嬉鬧？我剛從壽春趕來，沒想到一入城便看到『晚香樓』失火了，城中到處都在抓刺客，這到底是怎麼一回事？到底是誰要刺殺燕王？這不是在給王上添亂嗎？」

周泰緩緩說道：「魯大人，其實……刺殺燕王的人就是我……」

那少年姓**魯名肅**，字子敬，雖然只有十八歲年紀，卻是策瑜軍裡舉足輕重的人。

兩年前，在孫策、周瑜帶領策瑜軍攻打九江郡，陷入無糧的境地時，就是他主動給孫策、周瑜送來了糧草，才使得策瑜軍的後勤有了保證，三天後隊壽春發動夜襲，一舉拿下了這壽春這座堅城。

其後，他主動投靠孫策，成為策瑜軍的一員謀士。半年後，孫堅因為壽春殘破，便下令修復壽春城，魯肅又主動出資。於是孫堅便讓魯肅負責督建壽春新城，並且正式任命他為九江太守。

然而，他並未脫離策瑜軍，一直和孫策、周瑜等人相互通信，作為吳國年輕的一批才俊，他的政績也十分卓越，建造壽春完畢之後，又在淮南一帶進行屯田，使得殘破的九江郡漸漸恢復了往日的生機，給策瑜軍這個吳國的新生體爭了不少光。

魯肅出生時其父就去世了，和祖母共同生活。魯肅家中異常富有，但由於祖輩無人出仕為官，魯肅的家庭雖然資財豐足，但並不屬於士族階層，只是那種在地方上有些勢力的豪族。

他體魁貌奇，少時就胸有壯志，好出奇計，且愛擊劍騎射。加上性格好施捨別人，由於家道殷富，他常招聚少年，一起講兵習武。晴天，偕眾往南山（今江蘇盱眙山的古稱）射獵，陰雨，則聚眾講習兵法，以此練習武藝。

策瑜軍之所以能有如此良好的裝備，和魯肅的無償資助分不開。所以，對於策瑜軍的將士來說，魯肅就是財神爺。在策瑜軍中，一直流傳著這樣的一句話，那就是「**子敬到，金子來**」，使得他成為了策瑜軍的靈魂式人物。

策瑜軍是孫策和周瑜建立的，但從某種意義上來說，魯肅是策瑜軍最大的股東。不過，魯肅倒也是別無所求，只求付出，不求回報，讓孫策、周瑜以及所有的策瑜軍將士都非常的信賴。

魯肅聽完周泰的話，眉頭立刻皺了起來，道：「周將軍可真是胡鬧啊，你可知道刺殺了燕王的後果嗎？這件事是少主的意思嗎？」

「不，是我的意思。」周瑜說道。

「公瑾，怎麼會是你？你難道不知道這樣做的後果嗎？」

魯肅比周瑜要略大三歲，兩個人平時也是稱兄道弟的，而魯肅確實有長者之風，在周瑜和孫策面前，常常被稱呼為兄長。

「一切的後果我都知道，可是如果不這樣做，吳國就不能迅速的問鼎天下，而高飛也將成為吳國未來的一大禍害，必須先除掉他才行。」周瑜反駁道。

魯肅為人寬厚老實，也是深謀遠慮的人，做任何一件事，都要考慮周全後才會去做，是一個十分謹慎的人。他對於周瑜這種激進的做法並不贊同，聽到周瑜的反駁後，便一把拉住周瑜的手，朝孫策的房間走了進去。

他一進房間，便看見孫策滿臉愁容的，急忙問道：「少主面色難看，眉頭緊鎖，是不是有什麼事？」

孫策見魯肅來了，嘴角浮起一絲微笑，對他而言，魯肅可是財神，加上魯肅為人忠厚，他對魯肅也十分的信賴，當即說道：「子敬兄，你怎麼來了？快坐下！」

魯肅並沒有坐下，對孫策抱拳道：「少主，刺殺燕王的事情，到底是怎麼一回事？」

「沒什麼，只是一件小事……」

魯肅目光十分的敏銳，從一進門便發現了氣氛有點異常，孫策和周瑜之間似乎有著一種隔膜，不再像以前那樣親密無間。

他聽孫策不願意說，也就沒多問，反而追問起孫策和周瑜之間的事情來，問道：「少主和軍師之間是不是有什麼不愉快的事情？說出來聽聽，說不定我能解去你們心中的心結。」

孫策和周瑜出現這種狀況不是第一次了，以前一次，是因為對於出兵攻打某個縣城而意見不合，當時兩個人吵得面紅耳赤，誰也勸不下來。

魯肅聽聞之後，徑直去了營帳，擺下酒宴，邀請兩個人去喝酒，只輕描淡寫的說了幾句話，便化解了孫策、周瑜之間的不合。

此時，魯肅就在眼前，孫策也想請教魯肅一些問題，便問道：「**子敬兄，如果周公瑾是燕王派來潛伏在我身邊的奸細，你會怎麼做？**」

魯肅聽到孫策的話後，扭頭看了眼周瑜，突然哈哈笑了起來，問道：「少主，你不是在開玩笑吧？你說公瑾是奸細？」

孫策沉著臉道：「你看我的樣子像是在開玩笑嗎？」

魯肅收起笑容，看到周泰、孫策和周瑜之間的微妙關係，道：「少主，請你把事情的來龍去脈告訴我，我想，我可以幫助少主解除心中的疑惑。」

周泰聞言，便將事情的來龍去脈一字不漏的說了出來。

魯肅聽完周泰的話後，嘴角上便揚起了一絲笑容，緩緩地說道：「沒想到燕王的將計就計用得如此巧妙，不僅解除了自身的危機，還反過來讓少主對公瑾產生懷疑，看來，燕王此人並不簡單。」

孫策、周泰聽完魯肅說的話後，齊聲問道：「**你是說，這一切都是燕王高飛安排好的？**」

魯肅笑道：「這是很明顯的一件事。不過，當局者迷，旁觀者清，這個計策用的十分巧妙，換做是我的話，估計也會陷入一時的混沌當中。」

孫策、周泰對魯肅十分的信賴，對魯肅說的話，自然不會懷疑，聽到魯肅的一番話後，兩個人同時陷入了深深的自責當中。尤其是孫策，他自己感到了無地自容，沒想到一條簡單的計策，竟然讓他對周瑜產生了懷疑。

「公瑾，我錯怪你了，實在……」孫策走到了周瑜的面前，歉意的說道。

「少主不必介懷，我相信，經歷過這件事後，少主對公瑾應該不會再懷疑什麼了。我們策瑜軍之所以有今天，跟少主和公瑾是分不開的，所以，我希望少主和公瑾之間互相信賴，不要再有什麼猜忌了。」魯肅打斷孫策的話，道。

就在這時，陳武從門外走了進來，先向孫策抱了一下拳，又向周瑜、魯肅、周泰拱拱手，這才說道：「少主，剛才程將軍來了，說是王上要見少主，請少主火速去縣衙。」

孫策道：「看來，燕王已經將周泰刺殺他的事情告知了父王……」

「少主，不管接下來將要發生什麼，請少主一口咬定這件事和少主無關，我和少主一起去見王上，也好從旁協助少主。」魯肅道。

周瑜對於孫策懷疑他多少有點埋怨，但是事情是因為他而起的，已經到了這個節骨眼上，他自然不會一走了之。

當下，他挺身而出，朝孫策拱手道：「這件事是因為我而起的，與少主無關，雖然我不知道為什麼高飛會知道我們的行動，但是這件事是我一手造成的，必須由我一力承擔，我這就去王上面前領罪……」

說完，周瑜轉身便走。

「等等……」孫策見周瑜要走，急忙伸手拉住周瑜，「要去一起去，這件事你也是經過我默許的。」

魯肅看到周瑜和孫策又回到了以前的關係，便笑道：「那我們一起去吧，就算要懲罰的話，也應該一起懲罰，畢竟知情不舉，包庇你們也是一種罪，我也應該受到懲罰。」

「刺殺燕王的是我，與你們無關，都是我一個人的事情，我願意和少主同去，主動向王上認罪！」

突然，門外現出來了好幾個人，蔣欽、董襲、、凌操、潘璋、宋謙、賀齊同時擠進了房間，和陳武一起抱拳道：「末將等願意和少主同去！」

孫策看到策瑜軍眾位大將齊聚一堂，深受感動，他也不問他們為何同時出現在這裡，他只感覺到了一股強大的向心力，凝聚力，便朗聲道：「好，你們隨我一同前去。」

「我等願意和少主有福同享，有難同當！」眾人齊聲說道。

孫堅端坐在縣衙大廳裡，等候著孫策的到來，一邊思考著怎麼攻打荊州的事。不知道過了多久，張紘走了進來，向孫堅行了個禮，道：「王上，少主和諸位策瑜軍的將軍都一起來了。」

「嗯，來得正好，讓他們都進來吧！」孫堅笑道。

片刻功夫，孫策、周瑜、魯肅、周泰、蔣欽、凌操、董襲、陳武、潘璋、宋謙、賀齊全部走了進來，齊聲向孫堅行禮道：「參見王上！」

孫堅看著這些年輕的才俊，不禁覺得吳國的未來就要寄託在這些人身上了，見到他們和孫策情同手足，心中甚是欣慰，暗暗想道：「伯符能有這些年輕才俊輔佐，日後必然能使吳國振興，實在是我們吳國之福氣啊。」

「都免禮了，坐吧。」孫堅抬手示意眾人都坐下。

孫策、周瑜等人感覺到孫堅並沒有責怪他們的意思，紛紛落座。

孫堅開口說道：「刺客的事，就到此為止，我已經派人抓住了刺客，明日午時就會問斬。」

眾人聽了孫堅的話，都長出了一口氣，但也很納悶為什麼高飛沒有將刺客是周泰告訴孫堅。

「伯符，今夜城中慌亂，為什麼沒有見到你？」孫堅問道。

孫策還沒有回答，便見魯肅站了起來，抱拳道：「啟稟王上，這都怪小臣，臣剛從壽春趕來，少主便帶著策瑜軍的諸位將軍去城外迎接小臣了，小臣罪該萬死，還請王上責罰……」

「原來是子敬啊，你來得正是時候，我這裡有一件很要緊的事要交給你們策瑜軍去辦，正好你們都在，那我就直言不諱了。」

「王上請言。」孫策等人齊聲道。

孫堅道：「我要你們全體到柴桑駐防，秘密訓練水軍，打造戰船，修繕城牆，暗中招兵買馬，並且刺探江夏的軍情。」

孫策聽後，試探道：「父王，可是要出兵荊州了嗎？」

「不，我沒有要你們出兵，只是讓你們在柴桑郡駐防，切記不要亂來。」孫堅叮嚀道。

孫策納悶道：「荊州易主，已經對我們失去了威脅性，父王不是說先休養生息幾年嗎？」

「此一時彼一時，自從重新奪回九江郡後，我們已經休養了兩年，現在兵馬強壯，然而江東水軍卻遲遲沒有建立起來，荊州的水軍一直對我們是一個威脅，而荊州水軍絕大一部分集中在江夏一帶，如果不攻破江夏，挫敗荊州水軍，那麼我們吳國在水戰的時候，就會一直處於被動地位。柴桑境內彭蠡澤是一處很大的湖泊，可以用來訓練水軍，策瑜軍中有不少人都是當年縱橫淮泗的人，水性自然不會差到哪裡去，如果能加以訓練的話，必然能夠成為一支精銳的水軍。伯符，你可否願意接受這個重任嗎？」

孫策毫不猶豫地說道：「父王請放心，我一定會在彭蠡澤訓練出一支精銳的水軍來。」

「如此最好。」

孫堅看了眼魯肅，道：「子敬啊，壽春已經修建完畢，淮南一帶也多虧了你，才能恢復往日的氣息，你功不可沒，我要重賞你。這樣吧，你就為贊軍校尉，跟伯符一起去彭蠡澤練習水軍，你們都是策瑜軍的人，相處下來必然會十分融洽。至於九江郡的事，就暫時移交給黃蓋吧。」

魯肅沒有任何意見，抱拳道：「諾！」

周瑜心思縝密，洞悉了到了一絲不尋常，便問道：「王上，臣斗膽進言，還望王上恩准。」

「哦，公瑾啊，你有什麼話儘管說。」

周瑜道：「王上以為燕王為人如何？」

「燕王重情重義，乃是鐵骨錚錚的漢子，不然我也不會將他視為知己。公瑾，你想說什麼？」

「公瑾懇請王上將燕王斬殺，以絕後患。」周瑜始終覺得高飛是個禍害，留著必然會成為吳國的後患，一定要執意殺掉高飛。

孫堅聽後，臉上立刻變色，道：「公瑾何出此言？」

周瑜道：「燕王包藏禍心，表面忠厚，內心奸詐，實則是一個極為危險的人物。他前後兩次用傳國玉璽挑起了諸侯之間的紛爭，將諸侯玩弄於股掌之上，這份睿智，絕非常人所能比擬。臣建議王上早下決心，先行除去高飛，然後嫁禍給曹操。燕王一死，燕國上下必然會為燕王報仇，出兵攻打魏國之際，便是我軍北伐之時，先配合燕國剿滅曹操，再就地反撲燕軍，則整個北方均可為王上所有。荊州劉備，立足未穩，不足為慮，應該先消除北方的兩大禍害……」

「住口！」孫堅勃然大怒，指著周瑜的鼻子大罵道：「把周瑜給我拉進死牢，嚴加看管！」

「父王！」孫策急忙跪在孫堅的面前，求情道，「請父王息怒，公瑾也是為了我們吳國好啊。」

「大王息怒！」魯肅、周泰、蔣欽等人一起跪在地上求情道。

孫堅卻仍怒視著周瑜，喝令道：「來人啊，將策瑜軍軍師周瑜打入死牢，嚴加看管。」

「諾！」大廳外的幾名武士走進大廳，強行將周瑜按住。

「父王，周瑜他……」孫策還想替周瑜說話。

「閉嘴！你們統統都給我聽好了，從今天起，魯肅以贊軍校尉的身分接替周瑜在策瑜軍的一切職務。如今天色大亮，你們趕緊帶領策瑜軍趕赴柴桑，加緊訓練水軍。」孫堅打斷孫策的話，厲聲說道。

「父王……」

「你沒有聽見我說的話嗎？趕緊帶著你的部下離開此地。」孫堅又看向魯肅道：「魯肅，趕緊帶少主離開此地，沒有我的命令，你們不得從柴桑私自返回，周瑜的事，我自會酌情處理。」

魯肅不敢違抗，對孫策小聲道：「少主，王上正在氣頭上，不宜觸怒，不如先行離開，公瑾的事，我自會想辦法。」

孫策問：「你有什麼辦法？」

「事在人為，王上也不會把公瑾怎麼樣的，請少主放心。」魯肅道。

孫策這才緩緩地站起身子，看了眼被羈押的周瑜，心中想道：「公瑾，你這又是何苦呢？」

周瑜看出孫策的擔心，安慰道：「少主放心，我不會有事的，王上一時動怒而已，把我關押幾天就會把我放出來的。」

孫策一狠心，便帶著魯肅、周泰等人離開了大廳。

孫堅見孫策走了，便吩咐那幾名羈押周瑜的武士道：「把周瑜暫時關到牢裡去，午時過後，隨本王一起回王城。」

「諾！」

周瑜毫不反抗，他知道孫堅並不是真心要關他，而是他的話觸怒了孫堅心中最敏感的地方。

等周瑜走後，孫堅嘆了口氣，道：「**難道子羽真如周瑜說的那樣嗎？**不可能的，子羽絕對不是那樣的人……」

東方露出了魚肚白，三月的江南早晨還有些清冷，涼涼的風吹著，給人一種清爽的感覺。

高飛從睡夢中醒來時，已經快中午了，這一覺，他睡的時間很長。也許是因為半個月來在海上漂泊的原因，又或是因為夢到了把周瑜帶回燕國之故。

從床上爬起來，穿戴好一切，推開房門。

「參見大王。」甘寧這時從房廊下走了過來，向高飛行了一禮。

高飛看到甘寧眼裡布滿了血絲，好奇道：「你一夜沒有休息嗎？」

甘寧道：「保護大王的安全，臣下不敢有絲毫的怠慢。」

高飛深受感動，他忽然想起了趙雲，曾幾何時，趙雲也是這樣貼身保護著他，現在雖然換了一個人，可是這種感動依舊還在，他拍了拍甘寧的肩膀，淡淡地說了兩個字：「很好……」

從曲阿到建業，中間尚有一段路程，停靠在曲阿港口的五艘商船在吳兵的協助下卸下了運來的禮物，經過一夜的裝車，已經於清晨運抵曲阿縣城，這是高飛送給孫堅的見面禮。

王威、蘇飛、施傑三人率領水手駐守在曲阿港口，看守商船。

吃過早飯後，高飛得到了從曲阿出發的確切時間，便讓甘寧先去休息一會兒，等出發的時候再叫他。

幾個時辰後，吳王孫堅便和高飛一同上路，踏上了回王城建業的歸途。

與此同時的司隸，殘破的洛陽舊都附近，趙雲帶著兩名貼身護衛藏匿在一片廢墟中，目光犀利的看著瓦礫成堆的洛陽，聽著四周鶴唳的風聲，心中一片惆悵。

「消息準確嗎？」趙雲扭頭問了身後一名親兵。

「將軍請放心，我等在此觀察了足足半個月，每隔兩天的這個時候，那一隊騎兵都會準時出現。」親兵答道。

趙雲道：「大王從天津揚帆起航，已經足足半月有餘，這個時候，應該已經抵達了吳國境內。大王臨行時曾經囑咐過我，務必要查出在洛陽廢都一帶馳騁的騎兵是誰家的兵馬，司隸如今雖然已經荒廢了，但是仍然是一個戰場，只要出現任何的蛛絲馬跡，就一定要查明，這些天來，辛苦你們兩個了，等事情真相出來後，我定然會好好的獎賞你們兩個的。」

「為將軍效勞，我等萬死不辭。」

就在這時，趙雲等人聽到一陣馬蹄聲，由遠及近，滾雷般的聲音使得洛陽廢都地動山搖。

「將軍，來了。」親兵忙對趙雲說道。

趙雲和兩名親兵躲在一處坍塌的大殿中，聽著那由遠及近的馬蹄聲，他的眉頭皺了起來。

約莫過了一會兒，一隊一百人的騎兵在一個戴著銀盔、穿著銀甲、臉上蒙著白布的騎士帶領下，飛快地從趙雲的面前奔馳而過。那一百人的騎兵，人皆戴盔穿甲，背後背著雙劍，腰中繫著馬刀，手中握著長槍，馬項上還拴著一張大弓，裝備十分的精良。

「這是什麼隊伍？」趙雲看到那隊百人騎兵從自己的眼前掠過，揚起一地的塵土，心中不禁泛起了問號。

那支騎兵隊伍，每個人都穿著一件白袍，臉上都蒙著一塊白布，單從裝束上看，既不是魏國、楚國的騎兵，也不是遠在涼國的騎兵，竟然是一支神秘的隊伍。

「追上去看看，這支騎兵隊太可疑了。」趙雲策馬向前，對身後的兩名親兵說道。

聲音落下，趙雲一馬當先，飛馬而出，手中緊握望月槍，追趕那撥騎兵而去。

趙雲遠遠尾隨，眉頭卻是越皺越緊，對方雖然只有一百騎兵，但是這撥騎兵，裝備十分精良，而且透著奇異。

他駐守河內，隔河遙望洛陽舊都，對這一帶的情況很瞭解，發現最近經常有一隊來歷不明的騎兵出沒此處，他也曾三次派出斥候偵查，可是都杳無音信，反而見到那三個斥候的屍體。

不僅如此，就連魏國、楚國也同時派出斥候，可是都莫名其妙的失蹤了，這件事迅速引起了魏國、楚國的關注。

「清一色的棗紅戰馬，精良的裝備，這支騎兵絕不簡單，而且每個人都蒙著臉，看不出真實的面目，實在讓人匪夷所思。」

趙雲追逐了一段路程，因為馬快，和身後兩名親隨拉遠了距離，他發現自己追蹤的目標竟然莫名的消失了。

追到一片殘破的廢墟時，趙雲勒住馬，見馬蹄印到此就突然消失了。他環視四周，並沒有發現有什麼異常，不禁自言自語道：「奇怪，怎麼好端端的就這麼消失了？」

「嗖！」一支黑色羽箭劃破長空，從廢墟深處飛一般的射向了趙雲。

第十章

秦王馬超

「果然是英雄出少年，你到底是何人？」趙雲讚嘆道。

那銀甲騎士道：「在下馬超，字孟起，見過赫赫有名的趙將軍！」

「馬超？」趙雲大驚，道：「你就是秦王馬超？」

馬超臉上揚起驕傲的笑容，道：「如假包換。」

趙雲耳聰目明，聽到一聲破空的聲音後，便立刻舉起了手中的望月槍，身子一轉，立刻撥掉了射來的箭矢。他目光犀利，環視一圈，立刻大叫道：「什麼人？快出來，別裝神弄鬼的？」

聲音剛落，便見從廢墟的四面八方湧出一百騎兵，那位帶頭的銀盔銀甲的人策馬向前，飛馬直取趙雲，他的部下則在一旁圍觀。

趙雲見對方要來和他單挑，嘴角揚起一抹微笑，冷笑道：「來吧！」

那銀甲騎士瞬間便奔馳到趙雲的面前，手中鋼槍刺向趙雲的要害部位，出手十分的毒辣。

趙雲看到對方出手，他後發制人，先躲過那銀甲騎士的一槍，緊接著便予以反擊，在和銀甲騎士交馬的一瞬間，施展出一記漂亮的回馬槍。

「噹！」一聲巨響，雙槍並舉，碰出些許火花，兩把同為精鋼打造的長槍發出了顫巍巍的嗡鳴聲，震得二人握著長槍的手都微微發麻。

只一個回合的交鋒，趙雲便對這個銀甲騎士敬佩不已，暗暗想道：「沒想到這人竟然有如此大的力氣，而且武藝也非庸俗之輩，居然擋下我的致命一擊……」

銀甲騎士和趙雲分開之後，調轉馬頭，將長槍橫在前胸，輕蔑道：「位列燕國五虎上將之首的常山趙子龍，也不過如此嘛！」

趙雲聽著對方這句略帶譏諷的話，問道：「閣下何人？」

銀甲騎士氣焰囂張地道：「在你死的時候，我會告訴你我是誰的。現在……請你受死吧！」

話音一落，銀甲騎士便策馬狂奔，舉槍朝趙雲飛奔了過去。

趙雲屏住呼吸，綽緊手中望月槍，見那銀甲騎士氣勢恢宏的向自己撲了過來，急忙重拍了一下馬的臀部，大喝一聲，朝那銀甲騎士迎了上去。

清晨的陽光射向這片大地，廢墟中，籠罩著一股淒厲的殺意。

銀甲騎士鋼槍一舉，迎向晨暉，逼射出萬道光華，在兩馬相交之時，迅疾的在空中畫出了一道銀光，槍尖的寒意直逼人心肺。

趙雲也是用槍高手，見到銀甲騎士這不經意的一槍，眉頭頓時皺了起來，先用望月槍遮擋住了銀甲騎士的鋼槍，接著用力撥開，在分開之際，心中卻很是惆悵，暗想道：「此人槍法絕妙，不在我之下，需小心應付。」

第二個回合過去之後，銀甲騎士的眉頭也皺了起來，凝視著面前的趙雲，心中暗想道：「燕國五虎將之首的趙雲，果然名不虛傳，若是平常人，很難在我手底下走上兩個回合……」

「你到底是何人？」

趙雲環視一圈，見周圍的騎兵一點動靜都沒有，似乎對這銀甲騎士充滿了信心，他卻不知道對方來歷，急忙問道。

「我說過，等你死的時候，我會讓你知道我是誰的！」銀甲騎士回嗆道。

趙雲喝道：「休得猖狂，看我常山趙子龍的真本事！」

「少廢話，儘管放馬過來吧！」銀甲騎士道。

趙雲心中升起了怒火，舉著望月槍便朝銀甲騎士衝了過去，銀甲騎士也毫不示弱，舉起長槍迎著趙雲而去。

雙槍並舉，兩馬相交，趙雲和銀甲騎士都不再手下留情，紛紛使出自己的看家本領。

但見趙雲望月槍直指蒼穹，捲起千般風雲，放著萬道光華，那通身亮銀的槍桿在陽光下顯得格外耀眼，被他舞得宛若梨花，槍尖所刺出的光影連成了一片，像極了一朵盛開的雪蓮。

「噹！噹！噹！噹！噹……」

轉眼間，趙雲和那銀甲騎士便扭打在一起，兩匹戰馬捉對廝打，你來我往間便連續交換十多槍。在兩馬相交這麼極短的時間裡，兩個人相互攻擊出十多槍，這種能耐，絕非一般人所能擁有的。

在兩馬交錯而過時，趙雲聽到那銀甲騎士大笑起來：「哈哈哈……痛快！」

趙雲不理，急速調轉了馬頭，再次向銀甲騎士攻擊了過去。

雙槍飛舞，兩人又戰到一起，只是這一次兩匹戰馬沒有再分開，兩個人都有意要和對方進行近身的血拼。

只見一條長槍宛如綿綿不絕的江水，一條長槍則像是浩蕩的蒼穹，雙槍在交匯時不斷地碰撞出火花，兩人周圍殺氣逼人，周圍沙塵滾動，在殺意和煞氣之間飄蕩。

周圍的人看得都傻眼了，他們從未見過自己的主人和誰如此激鬥過，就算是再厲害的人，最多不超過六個回合，可是趙雲竟然在不知不覺中和他們的主人激鬥了三十個回合。

騎兵們都目瞪口呆，眼裡充滿了疑惑，有些人按捺不住，叫了起來：「主人，快結果了他！」

「主人不要再等了，快殺了他！」

「殺了他！」

雜七雜八的話在趙雲和銀甲騎士的耳邊響起，這些人群情激奮，一起高呼道：「殺了他！殺了他！殺了他……」

銀甲騎士聽到呼喊，頓時勇氣倍增，手中長槍越舞越快，越舞攻勢越猛，每一招都足以使人致命。

趙雲感到銀甲騎士變得強悍起來，想道：「本以為呂布天下無雙，豈料今日遇到的人竟然和呂布不相上下，只是不知道此人是誰，若是能為我燕軍所用，必然能夠成為軍中一員大將……」

他一邊想著，一邊進行遮擋，和那銀甲騎士互相酣鬥，雖然對方咄咄逼人，但是他鎮定自若的破解對方的攻擊。

又鬥了十個回合，兩人都是氣喘吁吁，額頭上也都滲出汗珠，分開之後，像是心照不宣一樣，不再進行攻擊，而是停留在原地。

兩人座下的戰馬也累得不行了，馬戰是最消耗體力的，不僅僅是人的體力，戰馬的體力則消耗的比人還大。

「常山趙子龍果然名不虛傳，今日能得一會，也實屬三生有幸。不過，我奉勸你一句，你還是早早的束手就擒，憑你一個人，是根本逃脫不了的。」銀甲騎士說道。

趙雲很清楚，那銀甲騎士的一百名隨從看起來也都個個身手不凡，單是面前的這個銀甲騎士都讓他難以對付，更別說另外一百名隨從了。

他朝著那銀甲騎士抱拳道：「我敢孤身一人前來，就必然會有所準備，今日無論如何，我都要弄清你的真面目。敢問閣下，可否以真面目示人？」

那銀甲騎士笑道：「讓你看到也無妨，反正你也快死了……」

話音一落，那銀甲騎士便揭去了蒙著臉的白布，露出了本來的面目。

趙雲看後，頓時大驚，沒想到這銀甲騎士竟然如此年輕，年紀最多十五歲，生得面如冠玉，眼若流星，虎體猿臂，彪腹狼腰，臉上那冷峻的面容，完全看不到一點少年應有的稚嫩。

「**果然是英雄出少年，沒想到天下還有你這等人**……你……你到底是何人？」趙雲讚嘆道。

那銀甲騎士道：「多謝趙將軍讚揚，若是我出生一兩年，定要和那天下無雙的呂布一較高下，只可惜他死得太早了，成了我一生的遺憾。不過，今日能遇到趙將軍這等英雄，也是一種幸運。**在下馬超，字孟起**，見過赫赫有名的趙將軍！」

「馬超？」趙雲聽後，頓時大驚，急忙道：「你就是秦王馬超？」

馬超臉上揚起驕傲的笑容，道：「如假包換。」

趙雲皺起了眉頭，他知道馬騰稱涼王不久，馬超也隨之在關中稱王，馬氏控制的朝廷，人皆畏之，許多大臣都是敢怒不敢言。不過，馬騰並未覺得自己的兒子稱王有什麼不妥，馬騰主要經營涼州和西域，把關中交給了自己的兒子馬超，地位上竟然和馬超平起平坐。

看著面前的馬超，趙雲暗暗地想道：「難怪魏國、楚國都有斥候莫名其妙的失蹤，唯獨函谷關以西卻一切正常，原來這支神秘的百人騎隊竟然是西邊小朝廷的人。馬超英勇，又帶著百騎親隨，如果硬拼的話，只怕難以逃走，三十六計走為上計，趁此時馬超有些鬆懈，正是脫身之時……」

思慮方畢，趙雲舉起望月槍，朝著馬超大聲喊道：「好一個秦王，今日我趙子龍就要讓你見識一下什麼是真正的厲害，讓你這個小屁孩知道什麼才是真的槍法。」話音一落，拍馬徑直朝馬超奔了過去。

馬超聽了趙雲的話，頓時大怒，也憤然挺槍，迎上趙雲。

雙槍並舉，兩馬相交，當二人快速馳過的時候，殺招盡出，只見趙雲若舞梨花，槍尖在他手中催動得如同密集的雨點，看不清哪裡是實，哪裡是虛，宛如十數條槍一同刺了過來。

馬超感受到一股從未有過的凌厲攻勢，看到趙雲這一招連刺耍得出神入化，心中一驚，急忙用槍不斷的遮擋。

一瞬間的交鋒，馬超便感受到什麼才是用槍的高手，暗想道：「趙子龍真猛將也！天下能將如此普通的連刺演練的出神入化，簡直是屈指可數……」

馬超調轉馬頭，正準備再次和趙雲迎戰，赫然看見趙雲並未停留，而是騎在馬上，飛一般的朝外圍的騎兵殺了過去。

他心中一驚，急忙大叫道：「不好！趙雲要逃跑，給我擋住他！」

不等馬超的話音落下，趙雲便舉起望月槍刺死了一個擋住前面的騎兵，其餘的人頓時震驚，誰也沒有想到趙雲會突然要突圍而出，都是一陣驚慌失措。

「啊……」慘叫聲陸續響起，趙雲單槍匹馬，一路衝殺過去，登時衝出了包圍。

馬超見狀，急忙策馬去追，將亮銀槍向前一招，大聲吼道：「追上去，格殺勿論，千萬不能讓趙雲跑了。」

命令下達後，馬超的部下紛紛取出大弓，拉弓搭箭，一邊在後面狂追，一邊用箭矢朝前一陣亂射。

「嗖！嗖！嗖……」

箭矢的破空聲不斷從背後向趙雲襲來，趙雲趴在馬背上躲過了幾支箭矢，雙手抓住馬鞍，旋即來了個一百八十度的旋轉，倒騎著戰馬，手持著望月槍將不斷射來的箭矢紛紛撥落。

馬超在後面見到，悔恨不已，見趙雲從他的包圍中脫身，心中充滿了怒氣，緊咬著後槽牙，眼睛瞪得像銅鈴一樣。他怒火中燒的樣子，讓人看起來不寒而慄，彷彿全身都著了火似的，雙腿用力一夾座下戰馬，大聲喝道：「駕！」

馬超座下乃是純種的西涼馬，十分有耐力，感受到了主人的急躁，突然加快速度，向前狂追，離趙雲也越來越近，只一百米的距離，便追了上去，使得兩個人之間的距離只有兩丈。

「趙子龍，你跑不掉的，速速下馬受死！」馬超狂妄地說著，手中的亮銀槍與此同時刺了出去，直插倒騎馬匹的趙雲的心肺。

說時遲，那時快，只見道路兩邊突然衝出來兩名騎兵，兩人舉著長槍，奮力接下馬超的那一擊，同時大聲朝趙雲喊道：「將軍快走！」

趙雲對這兩個親兵自然不會陌生，看到這兩名親兵擋下了馬超，馬超背後九十多騎又滾滾而來，心中一橫，喊道：「多多保重！」說完，趙雲旋轉身子，雙腿用力一夾座下戰馬，便飛快的奔馳了出去。

馬超亮銀槍被擋了下來，頓時怒氣衝天，本想一招解決擋住他去路的兩名趙雲的親兵，哪知這兩名親兵竟然也是武力不俗，輕鬆的避過他的一槍，反而一起朝他攻擊了過來。

他嘴角揚起一個詭異的笑容，絲毫不把眼前這兩個人放在心上，看到趙雲越走越遠，手中的長槍也迅疾的舞動起來，一臉猙獰地叫道：「擋我者死！」

話音落下，長槍向前快速戳了兩下，槍尖在那兩名親兵的喉頭迅疾的劃過，但見兩柱鮮血飆了出來，兩個親兵登時一命嗚呼，連叫都沒有來得及叫一聲，便紛紛墜落馬下。

可是，趙雲在這間歇的功夫，早已跑遠了，馬超看著滾滾沙塵中的趙雲不見了蹤跡，心中怒氣未消，用長槍續在地上的兩具屍體上一番亂戳，直接將屍體刺得血肉模糊，嘴裡大罵道：

「該死的東西，早不冒出來，晚不冒出來，偏偏這個時候冒出來，不然的話，趙雲一定會被我擒住。」

後面的騎兵趕了過來，見馬超停住了腳步，便問道：「主人，現在我們該怎麼辦？」

「回關中，身分暴露了，要通知張繡、楊奉嚴守函谷關，兩年前的事情歷歷在目，張濟、樊稠二人全軍覆沒，實在是最大的恥辱。這次本王親自探訪司隸一個多月，已經將司隸的一切都摸清楚了，暫回關中調兵遣將，等到秋後，便要率部占領洛陽一帶，要問鼎中原。」馬超慷慨激昂的說道。

「諾！」

趙雲一路奔馳，他做夢都沒有想到，一直在關中和西涼一帶盤踞著的馬氏父子，竟然開始蠢蠢欲動了。

那兩名親兵，他知道回不來了，遇到馬超那樣的強悍對手，肯定是沒有活路了。他可以和馬超再憨鬥百餘回合，可是他必須要把消息帶回去。

快馬狂奔，到了中午的時候，趙雲這才回到黃河岸邊，早早等候在岸邊的士兵立刻將他送到了對岸。

黃昏時分，趙雲拖著疲憊的身軀回到河陽城中，歇都不敢歇，立刻去見黃忠。

兩年前，黃忠被任命為河內太守，駐守在河內郡，並且在趙雲的協助下完成黃河各個渡口的布防，黃忠、趙雲二人便一直留在河內，並且在河陽築起了一座堅城，和對面的孟津隔河相望，軍隊大多集中在河陽城周圍，開墾了不少荒地，一面加固黃河大堤，一邊興修水利，使得河陽城成為僅次於懷城的一座產糧基地。

河陽城縣衙的大廳裡，黃忠正在批閱公文，身邊站著一位身著勁裝的女子，女子一邊給黃忠研磨，一邊看著黃忠批閱的公文，便問道：「父親，這可是從薊城發出的王令嗎？」

黃忠點點頭，看著站在他身邊的女兒黃舞蝶，問道：「小蝶，你怎麼看待這道王令？」

黃舞蝶是黃忠幼女，今年才剛滿十七歲，早已到了出嫁年齡的她，由於性格太過剛強，又愛舞弄槍棒，使得一般男子望而卻步，只能待在家裡。

黃忠本來有一個兒子，叫黃敘，只不過英年早逝，之後，黃忠便把幼女當成了兒子，不僅把一身武藝交給了黃舞蝶，還教她識字、讀書，對她十分的溺愛。

黃舞蝶看了一眼那道由王城發來的王令，便朝黃忠抱拳道：「父親，這是一個很難得的機會，女兒想參加娘子軍，還望父親予以恩准。」

黃忠的臉上沒有一點起伏，似乎早就預料到了黃舞蝶的回答一樣，淡淡地說道：「你已經長大了，有自己的主見，再說，這道娘子軍的徵兵令，可謂是全天下的首創，自古以來，女人哪有當將軍的？可是我們的大王是與眾不同的大王，在他的眼裡，男女是一樣的，娘子軍的徵兵令雖然是軍師賈詡所寫，可是卻是得到了大王的命令。你能率先提出來參加娘子軍，為父也替你感到高興，希望你以後也能成為我們燕國的一員大將，為父爭光。」

黃舞蝶很明白黃忠的意思，她知道黃忠是氣不過，因為文醜的女兒文蕊已經是校尉一級的人物了，除此之外，還有郭嘉的妻子喀麗絲，都是娘子軍的領軍人物，她明白父親對她寄予了極大的期望。

她重重地點點頭道：「父親，你請放心吧，我一定不會辜負父親的期望。」

話音剛落，黃忠還來不及回答，便見趙雲氣喘吁吁的走了進來，他急忙迎了過去，問道：「子龍，此去洛陽廢都，可都查清了嗎？」

「查清了，一切都明白了，那神秘的百人騎隊，是一年前天子頒詔所封的秦王馬超的部下……」

「馬超？聽說還是個孩子啊，一個孩子怎麼可能會做出這樣的事情來？」黃忠駐防河內，對於鄰國的事情亦是十分清楚，驚詫道。

「孩子？那馬超要還是個孩子就不會那麼麻煩了，只可惜他不是。他雖然才十幾歲，可行事乾脆俐落，而且武力過人，居然和我對戰了三十多回合還不分勝負，而且槍法之精妙實在令人咋舌……」

黃忠聽後，皺起了眉頭，他和趙雲相處了好幾年，知道趙雲的為人，他從來不輕易表揚一個人，也從不輕易貶低一個人，是以從他口中說出來的話，必然是真實可靠的。

他問道：「馬超……真的如你說的那麼厲害嗎？」

「堪比當年天下無雙的呂布……不過，當時他人多勢眾，我只一個人，若是一對一的打，沒有什麼顧慮的話，我相信我一定能夠將他擊敗。」趙雲很有自信地說道。

黃忠自然不會懷疑趙雲的實力，可是他也不會低估馬超的實力，道：「我倒是很想會一會馬超，看來西邊要開始蠢蠢欲動了，這件事必須上報給軍師才行。如今，大王去了東吳，一時半會兒不會回來，而且消息的傳遞也十分困難，我們必須嚴加防守，以不變應萬變。」

趙雲道：「老將軍放心，我回來的時候，已經安排好沿河巡岸的士兵，讓他們不可懈怠，一旦有異常情況，就立刻飛鴿傳書。」

黃忠和趙雲同為燕國五虎將之一，五虎將一直以趙雲為首，但在官職上，黃忠和趙雲卻是平起平坐，並沒有什麼從屬，只是趙雲很謙虛，將兵權全部移交給黃忠，以方便統一號令。

「很好。子龍，你也累了，先下去休息休息吧，正好小蝶要去趟王城，這消息就由她帶過去給軍師吧。」

趙雲不禁看了眼黃舞蝶，見黃舞蝶白衣勝雪，筆直的站在那裡，一柄古色古香的長劍背在她的身後，高挽的髮髻，飄散在肩頭的長髮，不著一絲凡俗氣息的絕美面容，甚至那顯得有些冷傲的表情，與那孤高絕世的氣質，一時間，竟然看呆了。

黃忠注意到趙雲看女兒的眼神，忍不住偷笑起來，心想：「子龍和小蝶雖然同在這裡兩年，可是真正見面卻是第一次，小蝶相貌出眾，文武雙全，難怪子龍會看得傻眼了，如果子龍對小蝶有好感的話，那……」

黃舞蝶注意到趙雲那炙熱的眼神，她並沒有一般女子的害羞，而是用眼神回應趙雲，隨之朝趙雲走了過去，抱拳道：「在下黃舞蝶，見過鼎鼎大名的趙將軍！」

趙雲並不好色，有女人能讓他看這麼久的，這是第一次。

他聽到黃舞蝶的聲音，這才反應過來，急忙道：「對不起黃姑娘，在下唐突了。」

黃舞蝶大方地道：「如果看一眼就算唐突的話，那天下還會有誰不是唐突之人呢？」

趙雲聽後，覺得黃舞蝶的話很有道理，便笑道：「黃姑娘說得對……」

黃忠看兩人談話的時候，眼神還在不停的交流，暗想道：「若是子龍成了我的女婿，也不失為一件好事，我也替小蝶省去一份心……」

想到這裡，黃忠趁熱打鐵，對趙雲道：「子龍，我知道你還沒有家室，你覺得我的女兒小蝶怎麼樣？」

趙雲一臉的驚詫，急忙說道：「黃將軍，我……」

「你不用說，我都明白，趙將軍是堂堂的男子漢大丈夫，是頂天立地的漢子。如果小女有幸能嫁給趙將軍，那真是小女幾輩子修來的福分。不知道趙將軍意下如何？」

黃忠巴不得能認趙雲做女婿，他看到趙雲，就像看到年輕時的自己一樣，喜歡的不得了。

趙雲聽後，沒有立即回答，對黃忠道：「黃將軍，我還有要事，先走一步了。」話音一落，拔腿便向大廳外走了出去。

黃忠看著趙雲離去的背影，不禁笑道：「子龍真是的，有什麼好害羞的嘛……」

「父親，你是不是玩笑開太大了？」黃舞蝶不滿地對父親道：「我有說過要嫁嗎？」

黃忠看著女兒道：「小蝶，你也老大不小了，別人家的女兒像你這麼大，孩子都會跑了；再說，以你的性格，一般男子絕對降不住你，趙子龍一身是膽，和我又同為五虎上將，極為符合我心目中為你擇偶的條件。何況趙子龍長相也不差，你難道就沒有一點心動？」

黃舞蝶面無表情地道：「父親，我不和你說了，我今天下午就走，去薊城參加娘子軍去，我就不信，我這一身武藝，還能輸給文蕊和喀麗絲她們不成。我待在你身邊只會引起你的反感，不如走得遠遠的，天下興亡，匹女有責，我先去建立一番功業再說。」

黃忠笑道：「小蝶，我知道你志向遠大，可你始終是個女兒身，哪有女人不嫁人的？再說，趙子龍他……」

「父親，只怕我看得上人家，人家未必看得上我。男人一般都喜歡柔情似水的女子，我學不來，我還小，等等再說吧。」

黃舞蝶說完，便頭也不回，跑出了大廳。

黃忠嘆了口氣，道：「這孩子，明明喜歡人家，卻不願意說出來，一點都不像她。不過子龍也是的，一個大男人，喜歡就是喜歡，何必藏著掖著呢?!」

天正下著毛毛細雨，建鄴城的北大門，群臣畢至，旌旗飄展，百姓被士兵隔開在道路的兩邊夾道歡迎，大家都仰著脖子向遠處張望，想一睹燕王的風采。

這幾年，高飛的名聲傳遍了大江南北，虎踞河北，率先稱王，打破了大漢天下異姓不得稱王的規矩。

同時，出身低微的高飛，更成為百姓心目中的偶像，讓百姓看到了一片希望。在百姓的心目中，一個出身涼州的鄙人都能在河北稱王，那麼他們只要多多努力，也能成就一番豐功偉業。

江南的雨很細小，不似北方那種傾盆大雨，飄灑在天地間，配合著黃昏時升起的霧氣，使江南有一種煙雨朦朧的感覺。

高飛和孫堅並排坐在一輛巨大的車輦上，由十六匹清一色的高頭大馬拉著，緩慢地向前移動，頭頂上是用絲綢做成的華蓋，華蓋下面依次站著四名孫堅的親衛，左右兩邊是張紘、程普、韓當、祖茂、甘寧、文聘等人，再後面則是一輛同樣華麗的馬車，馬車上拉著燕國的郡主，高飛的義妹歐陽茵櫻。

在馬車的後面，則是一輛囚車，囚車上蒙著一塊黑色的大布綢子，完全將囚車遮蓋住，使人看不見囚車裡面拉的是誰。可是，隨行的人都知道，這囚車裡面拉著的人是周瑜。

最後面是數千士兵護衛著的車隊，車隊上裝滿了各種各樣從燕國運來的貨物，都是送給孫堅的。

「賢弟，我們東吳子民對你可是熱情相迎啊，你可喜歡我的這種安排？」孫堅指著不遠處列隊在城門口的人，對高飛說道。

高飛笑道：「兄長的安排十分巧妙，小弟佩服。等以後有機會，兄長若是到了燕國，我一定會用比這十倍以上的排場來歡迎兄長的到來。」

孫堅笑道：「賢弟莫非是覺得為兄怠慢了你嗎？」

「呵呵，這倒不是，兄長精心安排這樣的場面，必然是出自內心的，如果這還算怠慢的話，那我真不知道什麼才算得上不怠慢了。」

「賢弟，你難得來一次江南，不如就在吳國多留些日子，我帶賢弟到處遊山玩水，讓賢弟領略一下我們江南的景色。只怕到時候賢弟會喜歡這裡，再也不願意回燕國了。」

「多謝兄長美意，我也正有此意。不過，比起遊山玩水，我倒是有一件很重要的事情想和兄長商量，不知道兄長可否同意？」

孫堅道：「但說無妨，我們兄弟還有什麼不可以說出口的？」

高飛緩緩地說道：「兄長，我想向你提親。」

「提親？」

孫堅聽後，扭頭看了一眼後面跟著的馬車，緩緩說道：「賢弟啊，雖然說你的義妹和伯符年紀相差不了幾歲，可畢竟咱們是以兄弟相稱，伯符則叫你叔父，你的義妹就是伯符的姑母，如果伯符娶了你的義妹，這豈不是亂了套了嗎？」

高飛聽後，哈哈笑道：「兄長，你可真聰明，我這次帶著小櫻到吳國來，確實是想和吳國聯姻，不過，聯姻的對象卻不是伯符……」

「不是伯符？」

孫堅心裡咯登了一下，急忙搖手道：「不成不成，你妹妹正是如花似玉的年紀，我已經年過半百，當她爹還差不多，怎麼可以……」

高飛見孫堅又誤會了，笑著打斷孫堅的話，說道：「兄長，你又猜錯了，我是想把義妹嫁給貴國的一位臣子，這也算是聯姻。」

孫堅聽後，這才放下心來，對高飛道：「我江東才俊個個風流倜儻，皆是英俊之人，不知道是誰如此幸運，竟然被賢弟看中？」

「周瑜，周公瑾。」高飛輕描淡寫地道。

孫堅一臉驚詫道：「你說誰？」

「周瑜，周公瑾。」高飛又重複了一遍，這次是一字一句，很用力的說。

「周公瑾？賢弟，你沒有跟為兄開玩笑吧？」孫堅問道。

高飛一本正經地說道：「兄長看我的樣子，像是在開玩笑嗎？」

孫堅很是錯愕，昨天他因為周瑜建議他殺掉高飛，而把周瑜給關押起來，今天高飛卻向他提親，要將燕國的郡主嫁給周瑜，讓他覺得整件事實在是個天大的諷刺。

他哭笑不得地道：「江東才俊千千萬，賢弟可否另選他人？如今周瑜已經被我打入死牢，所有的職務都交給了魯肅，說起魯肅，這可是個人才，而且為人處事也十分的穩重，人也長得不錯，我看不如我讓人把魯肅叫來，讓賢弟見上一見，然後讓貴國郡主嫁給魯肅，不知道賢弟覺得如何？」

高飛聽後，這才知道魯肅也已經在吳國為官了，但是他對周瑜情有獨鍾，便搖搖頭道：「弱水三千，我只取一瓢，除了周瑜能夠配得上我燕國的郡主之外，江東再無其他才俊。當然，兄長的家人除外。」

孫堅對郡主這個詞很模糊，他只聽說過公主之類的頭銜，郡主到底是個什麼身分，他搞不懂。但是見高飛對自己的義妹照顧有加，而且甘寧、文聘又多多禮讓，不難猜出這郡主的身分絕非一般。

帶著一絲的疑慮，他還是問了出來：「賢弟，你這個郡主，到底是何身分？怎麼我從未聽說過？」

郡主這一封銜是從晉朝開始的，漢朝、三國等等之前都沒有，在古代，身分地位是很森嚴的。就拿皇室來說，沒有冊封公主的女兒，要比冊封為公主的女兒低賤許多。

「郡主就是郡公主的意思……」

高飛見孫堅疑惑，便開始喋喋不休地給孫堅講述郡主和公主之間的區別，講完後，見孫堅明白了，便道：「文台兄，不知道你是否答應這門親事？」

孫堅自然不會拒絕，他為人重情重義，嘆了口氣道：「實不相瞞，昨天周瑜還向我進言，讓我殺掉賢弟，以絕後患。我一怒之下，便將他打入死牢，在郡主馬車後面的囚車裡關著的人就是周瑜。賢弟啊，他要殺你，你卻要將郡主嫁給他，如果周瑜知道的話，我想他肯定會對賢弟感激不盡的。不過，我還是要問一下，**你真的打算將郡主嫁給周瑜嗎？**」

「對，非周瑜不嫁。」高飛十分肯定地道。

孫堅不解道：「賢弟啊，不是我說你，周瑜到底有什麼好的？文弱書生一個。不過，既然你已經決定了，我自然不會讓賢弟白來一趟。進城後，我便把周瑜叫到大殿上，親自安排這樁婚事。」

「嗯，很好。」

進城時，孫堅、高飛在吳國百官的簇擁下進入了建鄴城。兩人站在輦上接受百官和百姓的朝賀，百姓爭先恐後的眺望著兩人，道路兩旁還擠了不少妙齡少女，想一睹鼎鼎大名的燕王的真面目。

建鄴城的吳王宮裡，孫堅拉著高飛的手臂，徑直走進大殿的王座上，兩個人雖然相差十一歲左右，卻以兄弟相稱，又同為一國之主，同時坐在王座上，也並不算過分。

但是，此舉卻引來以相國張昭為首的一些文臣心中的不滿。

張昭奏道：「啟稟大王，臣下覺得應該在大殿上另外給燕王安排座位，大王和燕王同坐一座，未免有所不妥！」

「孤是王，燕王也是王，孤和燕王又平輩相論，有何不妥？」孫堅反駁道。

高飛聽到孫堅稱孤道寡，覺得古代的王未免有點可笑，一晉封王爵，便說自個是孤或者寡人，實在不怎麼好聽。

「吳王，要不，我就不坐在這裡了……」高飛見狀道。

孫堅堅持道：「賢弟莫要理會，只要我還是一國之主，就是我說了算。你只管坐在這裡，我看誰敢不對你尊重。」

「大王執意如此，只怕於理不合……」張昭見狀，又道。

「閉嘴！就這樣定了。誰再敢多說一句，定斬不赦。」孫堅不悅地道。

張昭還想說些什麼，卻被張紘一把拉住，小聲對他說道：「相國大人，王上的脾氣，你應該很清楚，執意犯上，只怕不會有什麼好果子吃。周公瑾就是因為在曲阿執意犯上，被王上給打入了死牢。相國大人如此聰慧，怎麼也做出這種公然犯上的事？有什麼話，可以私底下對王上說，當著眾人的面，只怕王上會下不來台。」

「周公瑾被打入死牢？」張昭一臉驚詫。

「嗯，相國大人，請少安勿躁，燕王能在吳國住幾天？王上難得一時高興，你就別再堅持己見了。」張紘勸道。

張昭嘆了口氣，看了看與孫堅同坐的高飛，心中想道：「高飛實在是個禍星，走到哪裡便把災難帶到哪裡。」

「張紘。」孫堅大聲喊道。

張紘立刻站了出來，抱拳道：「王上有何吩咐？」

孫堅道：「九江太守魯肅已經被我調到柴桑，以贊軍校尉的身分擔任策瑜軍的軍師，新任九江太守我讓黃蓋去做了，你即刻擬寫一道王令，派人傳到九江郡各縣，讓他們務必要配合黃蓋。」

「諾！」

「帶周瑜上殿。」孫堅下令道。

不多時，周瑜便被兩個殿前武士推搡著進了大殿。

「臣周瑜，叩見大王。」周瑜跪在地上，向孫堅拜道。

「周瑜，你可知罪？」孫堅朗聲問道。

周瑜抬起頭，跪直了身體，看到高飛坐在孫堅的身邊，冷笑一聲道：「臣一心為國，獻計給大王掃平障礙，是為了使吳國昌盛，何罪之有？」

「大膽！你以下犯上，藐視本王，還惡語重傷燕王，居心何在？」孫堅怒道。

「周瑜無罪，周瑜的所作所為，都是為了大王著想，為吳國著想，如果大王執意要斬殺周瑜，周瑜無話可說。」

孫堅聽到周瑜的辯解，心中很是不爽，可是他是那種不善言辭的人，對高飛又是推心置腹，聽不得有人污蔑自己兄弟，聽完周瑜的話，頓時氣得手直哆嗦，指著周瑜說不出話來。

高飛深知孫堅的個性，見到孫堅如此模樣，急忙安撫孫堅道：「文台兄莫氣，周瑜確實是為了你好，只不過你我之間的約定，周瑜未必知曉，若是知道，恐怕就不會這麼想了。文台兄別忘了，現在叫周瑜來，是要給他指定婚姻的，必須沉著應對，我看，這件事就交給我來吧。」

孫堅道：「周瑜對賢弟很是排斥，如果賢弟為其指定婚姻，怕會有所不妥，我看還是由我來吧。為了吳國和燕國能夠順利聯姻，這件事必須由我來做。」

高飛點點頭道：「那好吧，但是兄長切記不要再動怒，周瑜此人心高氣傲……」

「我明白。」

孫堅稍微平息了一下怒氣，便對周瑜說道：「周公瑾，本王今天叫你來，不為別的，是想給你指定一門親事，只要你答應，我不僅放了你，還給你加官進爵。」

周瑜皺起眉頭，看了眼高飛，見高飛一臉的淡定，心想：「我和伯符雖然情同手足，但是和大王卻並無甚瓜葛，而且我昨天還冒犯了大王，大王怎麼今天突然要給我指定親事？難道這又是高飛在作怪？」

孫堅見周瑜若有所思的樣子，道：「怎麼樣，你考慮的如何？」

周瑜問道：「不知道大王給臣指定的是什麼親事？」

孫堅道：「是燕國的……」

「大王，臣還年幼，尚有許多不足之處，而且臣也不想那麼早結婚，男子漢大丈夫，當建功立業，如今臣寸功未立，何以為家？」周瑜一聽到燕國兩個字，立即打斷了孫堅的話。

孫堅見周瑜打斷自己，臉立刻沉了下來，對高飛道：「他居然拒絕了……」

「不要緊，我有辦法。文台兄不必太過苛責，我說過，周瑜心高氣傲，文台兄就按照原計劃進行吧，剩下的事就交給我來好了。」

孫堅狐疑道：「賢弟，你的計畫真的能夠成功嗎？」

高飛道：「文台兄放心，這件事萬無一失，只要文台兄鼎力相助，這門親事就算定了。」

孫堅笑道：「那好吧。」

孫堅轉過身子，對周瑜道：「周公瑾，從今天起，你就擔任建鄴令。」

周瑜吃了一驚，道：「大王，為什麼突然讓我擔任建鄴令？」

「這是王令，你的才華是有目共睹的，希望你好好幹。」孫堅道。

周瑜雖然一肚子問號，卻不敢違抗，畢竟建鄴令實在是一個高官，比起策瑜軍軍師要大上好幾倍。

張昭看到周瑜以小小年紀擔任建鄴令這個重任，不禁覺得有點不妥，站出來抱拳道：「大王，建鄴令乃是管理王城的重要職務，豈能如此草率的交給一個乳臭未乾的娃娃？」

孫堅見張昭老是出來阻撓他，不耐地擺擺手，態度堅決地說道：「就這樣定了！」

張昭兩次吃了閉門羹，實在不爽，可是再不爽，也不能違抗王令，只好怏怏而退。

高飛從大殿出來後，回到孫堅在王宮裡給他安排的住處。

他推開房門，歐陽茵櫻立即迎了上來，問道：「怎麼樣？周瑜怎麼說？」

高飛搖搖頭道：「果然不出我所料，看來只能施行原計劃了。」

「什麼原計劃？」歐陽茵櫻顯得有些沮喪地道。

「那就是，讓你泡他。」

「泡他？怎麼泡，用水泡？」歐陽茵櫻聽得一頭霧水。

高飛撓了撓頭，道：「額，我的意思是，讓你去追他……不，就是讓你去主動接近他，讓他對你產生好感，然後愛上你。」

歐陽茵櫻聽了，點點頭，用新學會的詞彙道：「嗯，那我就去泡他。」

「對，把他泡到手，然後完婚後，我就想辦法把你們都帶回燕國。」高飛興奮地道。

歐陽茵櫻犯愁道：「那我該怎麼泡他呢？」

「這個簡單，我會安排你跟他見面，然後來一場美救英雄。」

「哥哥，不是英雄救美嗎？」

「英雄救美早就過時了，再說，現在是你要泡他，不是他要泡你，自然要來美救英雄了的好戲了。」

「哦，那什麼時候開始？」

「明天！」

當第一縷陽光照在建鄴城吳王宮的大殿上時，只見剛剛就任建鄴令的周瑜穿著一身官服，快步的向著吳王宮的大殿走去。

大殿裡，吳王孫堅端坐在王座上，除了幾名貼身護衛站在大殿兩側外，整個大殿再無其他人。

周瑜邁著矯健的步伐進了大殿，跪地拜道：「臣下周瑜，叩見大王。」

吳王孫堅擺擺手，道：「起來吧。」

周瑜站起身子，欠身道：「大王急忙傳喚，不知所為何事？」

孫堅道：「你現在是建鄴令了，難道昨天交接的時候，你的前任沒有跟你說嗎？最近建鄴城外盜匪猖獗，你身為建鄴令，怎麼能不細細明察？」

「有這等事？」

周瑜狐疑了一下，心想昨天在交接的時候，他的前任並沒有說起過什麼盜匪，而且他在建鄴城也有段日子了，更沒有聽說過什麼盜匪。

「怎麼？你不知道？連本王都知道的事，你這個建鄴令竟然不知道？堂堂的王城腳下，盜匪竟然如此的猖獗，這要是傳了出去，我們吳國的顏面何存？你即刻帶領一隊人馬出城，去東南的老馬嶺，將那夥盜匪給剿滅了。」

周瑜道：「臣下遵命。只是，臣下對盜匪的事情一概不知，不知道老馬嶺有多少盜匪？臣下知己知彼，也好調遣兵馬。」

「不多，也就一二百人，你帶領三百人前去足矣。」孫堅道。

周瑜心中狐疑道：「王上日理萬機，竟然還有心情去關心一夥小盜匪，這其中必有緣故。」

孫堅見周瑜不答，便對周瑜道：「公瑾，昨日相國張昭反對你接任建鄴令，覺得你太過年輕。所以我才特意讓你去剿滅這夥盜匪，你就把自己的實力拿出來，讓他們這些老傢伙看看，等你剿滅了這夥盜匪，相信他們也不會再說什麼了，對你自然就信服了。其實，我也可以派別人去，但是為了你的前程，這次剿匪必須由你親自去。」

周瑜聽到孫堅的解釋信以為真，便點點頭道：「大王請放心，臣下必然不負大王的厚望。」

從吳王宮大殿出來後，孫堅便親自去兵營調遣了三百騎兵給周瑜，周瑜帶著王令，連同那三百騎兵，一行人便朝東南方向的老馬嶺而去。

老馬嶺和建鄴城相隔差不多五十里，那裡是一帶丘陵，周瑜帶著那三百騎兵奔馳了一上午，這才接近老馬嶺。

「停！」周瑜勒住馬匹，抬起手，叫道。

部下陸續停了下來，一個屯長上前問道：「大人，前方就是老馬嶺了，為何要停下來？」

周瑜道：「你可聽說過老馬嶺有盜匪？」

「當然，老馬嶺盜匪猖獗，那是出了名的，只是怕引起恐慌，建鄴城的百姓並不知道，聽說昨日那夥盜匪還燒殺搶掠了一番呢。」屯長回答道。

周瑜道：「既然如此猖獗，為何之前不早早剿滅？」

「這就不關我事了，我只是聽令行事，至於剿匪，那是建鄴令的職責。前任建鄴令就是因為辦事不牢，才被大王革職的。大人原為策瑜軍的軍師，此時擔任建鄴令，剛上任便立刻獲得大人的青睞，點名讓大人去剿匪，這不是明擺了要讓大人立功嘛！」

周瑜聽這屯長對答如流，心思縝密，便多看了眼這個人，見這名屯長和自己年紀差不多，但是眉目間卻流露出一種別樣的威嚴，便問道：「你叫什麼名字？」

那屯長回答道：「小的徐盛，字文向，徐州琅琊莒縣人。」

「徐盛，你對老馬嶺瞭解多少？」周瑜問道。

「不多，只是聽說過老馬嶺的一些情況。」

「很好，只有一些就行了，老馬嶺的地勢如何？」

「老馬嶺道路複雜，三面丘陵，一面湖泊，聽說那盜匪的營寨便立在背靠湖泊的一個丘陵上，大約二百來人。」

周瑜想了想道：「傳令下去，所有士兵原地休息，一個時辰後再前進。」

「大人，為何要等那麼久？」

「盜匪以逸待勞，我軍長途跋涉，如今士兵疲憊，人困馬乏，必須先休息休息才能再前進，否則交兵之時，盜匪占據地利優勢，我軍會吃不少苦頭。」

「大人高見。」

隨後徐盛便去傳令，三百騎兵紛紛下馬原地休息，拿出隨身攜帶的乾糧和水吃喝。

周瑜衝徐盛喊道：「你帶兩個騎兵跟我到前面看看，這裡的地勢我不太清楚，必須要做到知己知彼。」

徐盛點點頭，叫來兩名親隨，緊隨著周瑜疾行而去。

請續看《三國疑雲》第四卷　女神甄宓

三國疑雲 卷3 帝王之相

作者：水的龍翔
發行人：陳曉林
出版所：風雲時代出版股份有限公司
地址：10576台北市民生東路五段178號7樓之3
電話：(02) 2756-0949
傳真：(02) 2765-3799
執行主編：朱墨菲
美術設計：吳宗潔
行銷企劃：林安莉
業務總監：張瑋鳳

初版日期：2022年4月
版權授權：蔡雷平
ISBN：978-626-7025-38-3

風雲書網：http://www.eastbooks.com.tw
官方部落格：http://eastbooks.pixnet.net/blog
Facebook：http://www.facebook.com/h7560949
E-mail：h7560949@ms15.hinet.net
劃撥帳號：12043291
戶名：風雲時代出版股份有限公司

風雲發行所：33373桃園市龜山區公西村2鄰復興街304巷96號
電話：(03) 318-1378
傳真：(03) 318-1378
法律顧問：永然法律事務所 李永然律師
北辰著作權事務所 蕭雄淋律師

行政院新聞局局版台業字第3595號 營利事業統一編號22759935

定價：290元

國家圖書館出版品預行編目資料

三國疑雲 / 水的龍翔著. -- 初版. -- 臺北市：風雲時代出版股份有限公司, 2022.01- 冊； 公分

ISBN 978-626-7025-38-3（第3冊：平裝）--

857.7 110019815